한국 고대 에로스 문학 연구

: 중국의 경우와 비교하여

한국 고대 에로스 문학 연구

: 중국의 경우와 비교하여

임 향 란 著

한국학술정보(주)

　본 연구는 문학은 인간이 원체적으로 자유롭다는 전제하에서 출발한다. 그러나 실제생활에서 인간의 자유로움은 그 마음의 자유로움이고 제도하에서의 인간은 사회제도 구속에서 살고 있을 뿐이다. 이럴진대 인간은 그 자유로움의 욕망을 문학 속에서나마 표현시키고 부각시키려 애쓴다. 그런 욕망은 문학 속에서 다양하게 나타나는데 정신적, 육체적, 주관적, 객관적으로 표현시킨다. 또한 그런 것들은 행동, 언어행위를 통하여 독자들에게 전해준다. 여기서 주로 논하는 자 하는 것은 개방된 현대문학과는 달리 윤리도덕적인 고대사회에서 억압된 성이 어떻게 그 속박을 벗어나 그나마 문학을 통하여 반영되는지를 살펴보는 것이다.

　성, 인간은 성으로 이루어졌다. 남성↔여성의 인터코스로 인간은 인간으로, 완미한 인간으로 거듭난다. 성이 인간의 본능이고 성애라는 것이 인간의 기본생활내용의 하나인 만큼 인간의 애정은 말 그대로 性愛가 기본 기초가 된다. 이로부터 性學이 인간학의 기본 한 내용을 이룸은 더 말할 것도 없다. 문학이 인간학이라 할 때 性學은 보편적인 영원한 문학의 원형(achytype)이 되겠다. 따라서 문학에서도 인간의 性愛만을 치중하여 다룬 에로스 문학이 성립하게 된다. 동서고금을 막론한 문학사가 이것을 잘 증명해 준다. 이로부터 性文學에 대한 논의가 일어남도 아주 자연스러운 일이다. 물론 문학에서 性심리, 性행위를 비롯한 性이 취급되었다 하여 그것이 꼭 性文學이 되는 것은 아니다.

에로스 문학이 되는 여러 요건들을 갖춘다. 이런 요건들이 있어야만 에로스 문학으로 될 수 있다. 이런 것들을 연구하기 위하여 필자는 한국과 중국의 다양한 문학작품들을 살펴보았다.

마지막으로 이 책이 나올 수 있도록 도와주신 한국학술정보 대표 채종준 사장님과 출판에 아낌없는 수고를 해주신 신재훈 팀장님에게 감사의 말을 전하면서 끝으로 학문적, 정신적 지주로 되어준 남편에게 이 책을 받친다.

목차

제 1 부　한국 고대 에로스 문학 연구 −중국의 경우와 비교하여−

제1장 서　론　　10
　　제1절 개념정립　　10
　　제2절 연구대상 및 방법　　12

제2장 에로스 문학생성의 원인　　15
　　제1절 생활적인 바탕　　15
　　제2절 사상적 배경　　24

제3장 淫書에 대한 양국의 대응　　37
　　제1절 명청 시기 淫書　　37
　　제2절 조선조 시기 淫書　　41

제4장 유형별로 본 에로스 문학　　48
　　제1절 인간본연의 모습을 나타낸 에로스 문학　　48
　　제2절 성에로의 탐닉을 나타낸 에로스 문학　　68
　　제3절 무의식의 표현으로서의 에로스 문학　　87

제5장 에로스 문학의 구체적 양상 비교　　95
　　제1절 염정소설의 허와 실　　95
　　제2절 과부 성고민 모티프 비교　　105
　　제3절 貞男훼절 모티프　　120
　　제4절 동성애 모티프　　123

제6장 결　론　　130

제 2 부 조선 고대애정시가 일고찰

1. 머리말   140
2. 조선 고대애정시가의 형성   140
3. 애정시가의 무의식 특징   143
4. 나오기   148

제 3 부 중국 고대문학 일고찰

1. 〈孔雀東南飛〉를 통한 중국고대문학사 최초의 과부변태심리 투시   150
2. 七步, 五步, 三步詩의 형성유래   153
3. 南北朝민요 비교고찰   156
4. 詩窮而後工 — 李煜의 경우   163
5. 桃花源 이미지   166

제 1 부

한국 고대 에로스 문학 연구

-중국의 경우와 비교하여-

제1장 서 론

제1절 개념정립

성, 인간은 성으로 이루어졌다. 남성↔여성의 인터코스로 인간은 인간으로, 완미한 인간으로 거듭난다. 성이 인간의 본능이고 성애라는 것이 인간의 기본생활내용의 하나인 만큼 인간의 애정은 말 그대로 性愛가 기본 기초가 된다. 이로부터 性學이 인간학의 기본 한 내용을 이룸은 더 말할 것도 없다. 문학이 인간학이라 할 때 性學은 보편적인 영원한 문학의 원형(achytype)이 되겠다. 따라서 문학에서도 인간의 性愛만을 치중하여 다룬 에로스 문학이 성립하게 된다. 동서고금을 막론한 문학사가 이것을 잘 증명해 준다. 이로부터 性文學에 대한 논의가 일어남도 아주 자연스러운 일이다. 물론 문학에서 性심리, 性행위를 비롯한 性이 취급되었다 하여 그것이 꼭 性文學이 되는 것은 아니다.

이런 性이 文學으로 승화되자면 적어도 다음과 같은 여건들을 충족시켜야 될 줄로 안다. 첫째, 성 혹은 성애가 일종 생활이상이나 심미이상으로 추구되고 노래된 경우. 예컨대 괴테, 하이네의 일부 애정시, 및 휘트먼의 일부 시는 그 전형적인 보기가 되겠다. 성 혹은 성애를 통해 인간의 본질이나 개성을 탐구하고 인간과 환경, 본능과 이지, 성과 미, 연애와 혼인 등 다양한 관계를 추구하면서 다룬 경우. 예컨대 영국의 로렌스나 중국의 욱달부의 일부 소설들이 이에 해당한다. 셋째, 주로 세태인정이나 풍속습관을 나타내는 경우는 〈천 하룻밤의 이야기〉의 성애묘사는 그 보기가 되겠다. 넷째, 추악한 인간성에 대한 폭로로 취급되는 경우. 〈金甁梅〉, 〈十日談〉 같은 소설은 그 보기가 된다. 다섯째, 성이나 성애를 일종 창작 이념이나 방법 차원에서 묘사한 경우. 예컨대 졸라나 모파상의 많은 자연주의 작품들이 이에 해당한다. 여섯 번째, 인간성을 탐구하고 복잡한 인간성구조를 제시하는 차원에서 취급했을 경우. 레프 톨스토이의 〈부활〉 같은 작품은 그 보기가 되겠다. 일곱 번째, 사회의 부패를 폭로하고 현실에 대해 비판을 가하는 차원에서 취급된 경우. 프로벨의 〈보바리부인〉 같은 소설은 그 보기가 된다. 여덟 번째, 돈을 노려 성을 미끼로 삼아 독자들을 유혹하기 위해 취급한 경우. 현대 서방의 전문 성소설이 여기에 해당한다. 아홉 번째, 성고민이나 성억압으로부터 야기된 성적 역반심리를 발산한 경우. 중국 고대의 〈燈草和尙〉, 〈桃花艶史〉 같은 작품은 그 보기가 된다.

사실 육욕적인 性愛와 정신적인 사랑은 동전의 앙면처럼 쉽게 넘나들며 얽히고설킨 복잡한 양상을 드러내고 있다. 보는 시각에 따라 그것이 순수한 性이 될 수도 있고 사랑이 될 수도 있으며 또는 한데 녹아난 그 자체이기도 하다. 따라서 에로스 문학 그 자체는 부동한 민족, 부동한 시대에 있어서 시와 때에 따라 그것이 우회적 혹은 직설적, 간접적 혹은 직접적 등 다양한 양상을 드러냄과 동시에 부동한 양상을 드러내고 있음은 더 말할 것도 없다. 이로부터 각 민족문학 사이의 性文學에 대한 비교연구의 소지가 충분히 이루어질 줄로 안다.

본고에서 한국과 중국 고대소설에서의 에로스 문학이란 가장 넓은

외연적 의미에서는 각종 장르를 막론하고 위에서 제시한 성적 요소 내지는 性愛의 문학적 의미를 획득한 전반 문학작품들을 가리킨다고 볼 수 있다. 이른바 한국에서 음사소설로 정립되어 온 소설들과 중국에서 염정소설로 정립되어 온 일군의 소설들은 그 전형적으로 보기가 되겠다.

제2절 연구대상 및 방법

본 연구는 위의 개념정립에 기초하여 한국의 고대 에로스 문학을 연구대상으로 한다. 이를테면 정신적인 사랑보다는 육욕에 치우친 '사랑'을 나타낸 작품들을 대상으로 한다. 물론 전반적인 작품이 굳이 육체적인 '사랑'으로 흐르지 않고 그 육체적인 사랑이 단지 한 이미지 내지 모티프를 이루었다 해도 그것의 본고의 연구대상이 된다. 이로부터 본고의 에로스 문학 연구대상은 일단 장르의 구속을 받지 않는다. 본고는 연구대상으로 에로스 문학을 고려할 때 육체적인 사랑이 그 전반 작품세계 속에서 갖는 의미천착에 모를 박도록 한다. 본고는 일단 한국의 고대 에로스 문학에 대한 논의를 중심으로 하되 중국의 고대 에로스 문학도 곁들여 논의를 전개하도록 한다.

이러한 에로스 문학은 한국과 중국을 막론하고 자연발생적으로 산생되고 발전하다가 중세로부터 근대로 나아가는 轉形期에 시민문화의 대두 및 사상해방풍조와 더불어 본격적으로 나타난다. 조선후기에는 〈肉蒲團〉을 비롯한 중국의 음사소설이 공공연하게 읽히고 있었다. 한국의 고대에로스 문학을 보면 문인들 스스로 많이 창작하고 유포했다기보다는 중국의 염정소설들을 많이 들여와 번역, 번안한 경우가 많다. 전형적인 명대의 시민소설로 꼽을 수 있는 《三言》, 《二泊》 등의 화본소설들이 읽혔을 뿐만 아니라[1] 18세기 후반에 오면 〈肉蒲團〉과 함께 〈桃花影〉, 〈豆棚閑話〉, 〈濃情快史〉, 〈杏花天〉, 〈姑妄言〉 등의 외설적 염정소설이 喜奇的 취향의 문인들 사이에 상당히 많이 전래되고 읽혔음을 각종 기록을 통해 알 수 있다.[2]

중국의 경우를 보면, 염정소설은 〈遊仙窟〉 등을 비롯한 唐의 전기소설에서 색정적인 데로 나아가다가 시민문화가 싹튼 송원 때 와서 본격적으로 대두한다. 石昌渝는 이에 대해 "전기소설이 元 이후 점점 俗化되어…… 제재는 재자가인의 혼인 고사로 귀착되고 격조는 화본소설과 큰 차이가 없게 되었다.…… 명대 嘉靖 이후 재자가인을 제재로 하고 약간 色情的 필치를 띤 중편 전기소설 예를 들어 《鐘情麗集》, 《花神三妙傳》 등이 대량으로 쏟아져 나오는데…… 明末에 와서 방탕한 世風과 사회 사조의 촉진하에서 傳奇小說은 단지 재자가인의 제재 전통만을 보존하고 아예 문언의 겉옷을 버리고 서면에 쓰이는 백화문을 사용했는데……"라고 소설의 통속화와 디불어 염정의 도가 더 해 간 사정을 피력하고 있다. 元明代 문언소설이 性에 관한 음란한 장면이 빈빈히 등장하여 지금까지는 좋은 평가를 받지 못하고 등한시되고 음성적으로 유통되었다. 중국 염정소설의 집대성을 이루고

---

1) 김정숙, 「조선후기 재자가인소설 연구」, 고려대 박사학위논문, 2004.

2) 김영진, 「18세기 말 서울 명청서적 유통 실태 ―〈欽英〉을 중심으로」, 『2004년 한국문화연구원 학술대회 ―17·18세기 동아시아의 독서문화와 문화변동』, 이화여대 한국문화연구원, 2004. 참조. 기록에 의하면 『中國小說繪摸本』에 8종, 『小說經覽者』에 11종이 기록되어 있고, 이외 유만주와 이옥의 기록에서도 이와 관련된 작품들이 보인다.

대표작으로 꼽히는 명대의 〈金甁梅〉는 그 전형적인 보기가 된다.

　본고는 한국과 중국의 고대 에로스 문학에 관한 선학들의 연구성과를 충분히 수렴하고 비교의 가능성 차원에서 일단 비교연구의 수평연구의 틀을 마련하여 각자의 에로스 문학적 특징이 보다 명징하게 드러나도록 제시한다. 그리고 구체적인 분석을 진행함에 있어서는 사회학적인 분석방법을 동원하여 에로스 문학의 의미적 내연을 풀어 보도록 한다. 물론 구체적인 논의과정에 다른 효과적인 연구방법도 유기적으로 동원할 것이다.

제2장 에로스 문학생성의 원인

제1절 생활적인 바탕

인간생활의 최종적인 바탕의 하나가 성이다. 그래서 중세 봉건통치자들이 그렇게 성에 대해 談虎變色식으로 민감한 반응을 보였을 뿐만 아니라 백안시하고 억압했음에도 불구하고 그것은 끊이지 않는 하나의 생명력으로 죽 이어져내려 왔다. 그리고 성은 인간의 즐거운 생명력의 발산으로 대단히 유혹적인 것이었다. 그래서 성에 대한 탐닉도 인간이 동물과 다른 기본 특성의 하나이다. 그래서 보다 많이 자연성정에 맡겨 사는 서민대중들은 성을 원초적인 자연 그 모습으로 받아들였다. 고려의 ‘男女相悅之詞’, 조선조의 일련의 민요, 《詩經》의 일련의 농염한 ‘國風’, 특히 ‘鄭風’의 애정시, 남조민요 중의 성 묘사, 元散曲 중의 성 묘사들은 그간의 사정을 잘 말해 순다. 성에 대해 서민대중들이 대담하고 솔직한 태도를 취했다면 봉건통치자들은 아이러니한 모순적인 태도를 취했다. 표면적으로는 체면과 근엄한 모습을 나타냈지만 속으로는 뻔뻔스럽고 방탕한 모습을 보여 주었다. 한국과 중국의 축첩제도, 기생제도는 이것에 대한 방증으로 된다. 그래서 봉건통치자들이 기생과 방탕하게 놀아난 에로스 문학이 기본 한 줄기를 형성하고 있다. 한국이나 중국의 야사에 기재된 문인재자들의 일화 가운데 기녀와 얽힌 성적 이야기, 그리고 이것을 창작으로 승화시킨 일련의 작품들은 이것을 잘 말해 준다. 이를테면 한국의 17세기 임제와 황진이, 한우와의 로맨스, 허균이 喪중에도 기생을 끼고 술을 마셨다는 '悖倫' 등등, 그리고 중국의 韓屋의 일련의 香奩體, 柳永의 일련의 狎妓詞, 王彦泓의 일련의 염정시는 전형적인 보기가 되겠다.

그래서 문학이 성을 못 떠난다는 말이 십분 타당함에도 불구하고 그것이 에로스 문학으로 되고 못되고는 그것에 대한 인식 및 태도여하에 많이 달려 있다. 이것은 에로스 문학형성의 현실적인 한 바탕이 되었다. 우리는 이 점을 일단 중국 명말청초나 조선조의 사회생활적 여건으로 여실히 볼 수 있다. 명말청초는 시민계급이 무시할 수 없는 세력으로 사회에 등장하고 비교적 큰 도시들이 형성되고 상업이 번창했는데 시민들의 유흥적인 분위기에 따른 유흥문화도 퍼져나갔다. 이로부터 소설이 그들의 소일거리로 충당되기도 했다. 이로부터 書商들의 상업적 전략하에 소설의 생산과 소비가 조성되었던 것이다. 작자, 독자층의 양산은 書坊으로 대변되는 명 중엽 이후 소설의 공급과 유통 체계의 발전을 가져왔다. 통속문학, 특히 소설은 대개 坊刻本이라고 하는데 그것은 書坊에서 발행한 책을 말한다. 書坊이란 책의 판매와 刻書를 겸하는 일종의 상업적인 私營 출판기관이다. 소설의 발전에는 이들 상업적인 성격의 書坊이 결정적인 역할을 했다고 해도 과언이 아니다. 소설은 書坊이 유일한 발행기관이었다고 할 수 있다. 이 書坊業은 明初에 書籍稅가 없어졌고 수공업자에 대해 관대한 정책을 쓴 탓에 明 중엽부터 비약적인 발달을 보였다. 明 중엽 이후 소설출판의 증가는 이러한 書坊業의 흥성과 불가분의 관계를 가지고 있다. 그 이전까지의 소설은 순수한 讀物이라기보다 설화구연의 유행에 힘입어 명맥을 유지한 데 불과했다. 그러나 嘉靖 年間(1522-1566) 이후

書坊이 영리 기관의 성격을 띠면서 소설의 출판은 상업적인 색채가 강해지기 시작했다. 이 시기부터 소설 전문 書坊도 생기기 시작했다. 그 대표적인 예가 明末 淸初에 艶情小說을 전문으로 다뤘던 書坊 '嘯花軒'이다. 이'嘯花軒'이라는 書坊은 소설, 그중에서도 이른바 淫詞小說을 전문적으로 취급하여 꽤 성공을 거둔 것이 분명하다. 에로스 문학은 그만큼 사람들의 호기심을 자극했고 흥취에 만족을 주면서 시장성을 확보한 것으로 사료된다. 그래서 書坊들의 각종 상업적 전략이 뒤따른 것도 분명하다. 광고를 싣는 일이 가장 흔한 영업 전략이었던 것이다. 萬曆 연간의 建陽의 雙峰堂 余文台가 간행한 『水湖』에 실린 광고는 그 한 보기가 되겠다. 書坊에서 판매를 위해 광고를 사용했을 뿐만 아니라 돈이 될 만한 원고를 구하는 데도 적극적이었다. 이와 더불어 영리를 목적으로 書商들 간에 서로 소설을 표절하는 현상도 매우 빈번했다. 그리하여 어떤 인기 음사소설들은 비슷한 시기에 같은 작품이 다른 書坊에서 동시에 찍혀 나온 경우도 적지 않았다. 소설의 인쇄양식도 상당히 다양화해진 것 같다. 음사소설의 경우 현재 남아 있는 소설의 판본을 봐도 정교한 것과 조악한 것의 차이가 크고 글씨 크기도 차이가 난다. 이에 따라 같은 작품일지라도 책의 가격이 분명히 많은 차이가 날 것임이 분명하다.

명밀칭초에는 이런 書坊 및 書商의 상업적 전략에 편승하여 서적 대여업을 통해 소설이 활발히 창작되고 보급되기도 했다. 경제적 여유가 없는 사람들을 위해서 서적 대여업이 대단히 흥성했다는 것은 여러 문헌자료를 통해 확인된다. 특히 소설의 경우 매매만큼이나 대여도 활발했던 것으로 짐작할 수 있다. 이러한 서적 대여는 명·청 대에 더욱 성행했던 것으로 보이는데 그 대상은 통속문학, 특히 소설이 주종을 이루었다. 여기에는 물론 재자가인소설뿐만 아니라 음사소설도 포함되었다. 康熙 26년(1687) 刑科給事中인 劉楷가 황제에게 상주하기를 "신이 본 한두 곳의 서방에서 만들어 외부에 빌려주는 소설만 해도 위에 열거한 백오십여 종이나 됩니다.(臣見一二.書肆刊單.出賃小說, 上列一百五十余種")이라 한 것은 그것에 대한 좋은 주석으로 된다. 이러한 책 대여는 청 말엽까지도 계속 이어진 듯하다.

이것은 당시 소설이 상품으로써 매우 인기 있었고 그 유통주기도 매우 짧았다는 것을 알 수 있다. 상당수의 인구가 소설을 감상했음을 알 수 있다. 음사소설을 비롯한 중편소설의 갑작스런 증가세는 이러한 소설 파는 書商들의 상업적인 대중화전략과 불가분의 관계에 있다고 볼 수밖에 없다. 즉 소설의 상업적인 생산과 소비 증가가 서로 맞물리면서 청 초 이후 소설 수량의 증가를 가져오게 된 것이다. 이렇게 작가와 독자의 증가는 명말청초 에로스 문학의 본격적인 성행의 직접적인 원동력이 되었다.

한국의 경우를 보면, 에로스 문학의 형성바탕은 여러 방면에서 설명할 수 있다. 그것은 조선 후기 농업의 발달로 인한 경제적 여유와 이를 바탕으로 중국 문물의 활발한 유입, 그리고 성리학의 사상적 이완이라는 사회사상적 배경이 자리한다. 이는 에로스 문학뿐만 아니라 조선 후기에 소설 문학이 인기를 끌 수 있는 기본 바탕이 되었다.

특히 16세기 말부터 17세기 초는 전란 및 이괄의 난(1624)으로 소실된 서적의 보충이라는 국가적 필요에 의해 적극적으로 중국의 서적이 수입되었다. 이때 주로 유입된 서적은 經·史·制度·文集類였다.3) 이후 17-18세기로 오면서 유입되는 양이 방대해지고, 그 종류도 경서류에서 총서류, 소설류 등으로 다양해지게 되었다. 이것이 가능해진 것으로 중국 내에서 서적 간행 및 판매가 활발해진 데다가 조선에

---

3) 신양선, 『조선후기 서지사 연구』, 혜안, 1996, pp.33-34.

서는 농업생산성의 증대로 인한 경제적 풍요와 사상적 이완 등으로 중국문화에 대한 관심과 수요가 급증했다.

주로 왕실이나 상류층이 독자중심을 형성했는데 소설은 그들이 사행단의 일원이 되어 직접 구입하거나 역관들을 통해 입수했다. 특히 사행단 중 상대적으로 행동이 자유로웠던 역관들이 몰래 서적을 구입해 국내의 서적 판매상에게 넘기기도 했는데, 이들에 의해 전래된 중국소설 중 4대 奇書는 계층이나 지역에 국한되지 않고 거의 전국에 걸쳐 애독되었다.[4] 소설의 엄청난 인기로 인해 과거 시험에 소설의 문장을 쓰기도 하고 문체가 소설 문체와 유사하게 변하기도 하였으며, 젊은이들 사이에는 소설을 읽지 않으면 부끄럽게 여길 정도가 되었다[5]. 또 주로 향유했던 담당층을 보면 중간 지식인층, 즉 어느 정도의 학문적 소양을 지니고 있으나 경제적으로 그리 여유롭지 못한 계층이 많았는데, 이들은 주요하게 한문 지식을 지닌 문인들로서 주로 에로스 문학의 독자층을 이루었을 것으로 추정된다.

이렇게 소설 생산과 유통이 書坊으로 대표되는 상업화의 흐름 속으로 편입되어 감에 따라 소설 집필에 종사하는 문인 작가들의 창작 방식과 의식 형태에도 前代의 작가들과는 차별되는 새로운 특징이 생겨나게 된다.

중국의 경우 에로스 문학은 명말청초 많은 몰락문인들이 창작에 주력하면서 문학사에 본격적으로 부상하기 시작했다. 당시 에로스 문학 작가들은 스스로 자기 이름을 밝히기를 꺼렸던 것 같다. 그래서 아예 익명으로 하거나 이름을 다는 경우에는 대개 가명이나 호 같은 代號를 사용했다. 에로스 문학의 창작은 士人들이 생원 신분에서 더 높은

---

4) 김정숙, 상게서, pp.43-53.
5) 위와 동일, 재인용.

자격을 소지하거나 과거를 통해 관직으로 진출할 수 있는 길이 거의 막히게 된 사정과 관계된다. 명·청 대의 대다수 士人들은 관직에 진출하지 못했다. 이로부터 이들은 어중간하면서도 독특한 '중간 계층'을 형성하게 되었다. 이런 '중간 계층'의 수적 증가는 이들 내부의 계층 분열을 가져왔다. 이에 명 말에는 타락한 士風이 나타나면서 자연히 에로스 문학창작으로 나아가게 되었다. 이로부터 조정에서까지 논의되었다. 이 시기는 士人層의 지위가 하락한 반면 商人階層의 지위가 향상되었다. 商人들은 경제력을 배경으로 사대부들과 교분을 쌓고 자손들을 과거에 급제시키는 경우도 드물지 않게 생겼다. 이로부터 士商 간의 혼합 현상이 나타나기도 하였다. 士人의 官界진출 좌절과 수적인 증가는 생계 곤란문제를 야기했다. 이러한 士人들의 물질적 곤궁 및 지위하락과 이에 따른 인식의 변화는 에로스 문학 작가와 독자층의 증가를 가져오고 에로스 문학 창작환경을 변화시키는 중요한 요소가 되었던 것이다. 이 시기 사인들은 경제적인 궁핍 때문에 윤필료를 받아 생계 수단의 하나로 삼기도 했던 것이다.

이러한 문화적 부업에는 단순히 부탁을 받고 글을 써주는 소극적인 방법 외에도 자신이 소설이나 희곡 등의 성적 요소가 가미된 통속적 읽을거리를 써서 書坊에서 출판하는 적극적인 전략을 취하는 士人들도 있었을 것이다. 특히 入仕하지 못한 士人들이 일종의 생계 수단으로 소설을 썼던 경우도 많았음이 분명하다. 현재 영남대에 소장되어 있는 《夢遊野談》에는 이런 대목이 있다.

중국인들은 소설을 많이 짓는다. 나는 정양문 밖에 책방에서 책장 가득히 책이 쌓여져 있는데 그중 태반이 패관잡설임을 보았다. 대개 강남이나 서촉 지방에서 상경하여 낙방한 수험생들이 길이 멀어 돌아

갈 수가 없어 남아서 다음 시험을 기다리며 소설을 써서 간행하며 팔
아서 그것으로 생계를 잇는다. 그래서 이렇게 (소설이) 많은 것이다.[6]

士人들은 전통적으로 소설을 천시하는 경향이 있었지만 과거 시험의
경쟁률 상승으로 인한 未入仕 士人층의 증가와 여기에 따른 궁핍한 생
활은 士人들을 이러한 소설 편찬에 끌어들이는 계기가 되었다. 이로부터
에로스 문학 작가들은 書坊으로 대표되는 상업적 전략 속에서 '소설'이
라는 상품 생산담당자로 나섰던 것이다. 이로부터 이들은 자신들에게 익
숙한 문언소설을 통속적인 백화체로 문체를 고치기도 하고 흥미 증진을
위해 각종 새로운 장면을 집어넣었으며 상호 모방도 서슴지 않게 된 것
이다. 바로 이런 배경하에서 당시 에로스 문학의 생산과 소비는 대단히
활발했던 것으로 파악된다. 재자가인소설의 전형을 수립한 대표적 작가
라 할 수 있는 天花藏主人은 그 자신이 書坊의 운영자였거나 아니면 적
어도 어느 書坊 주인과 대단히 밀접한 관계를 가지고 있었던 것이 분명
하다. 이들의 창작 활동에서 소설은 상업적인 고려를 거쳤고 하나의 문
화상품으로 생산되기 시작한 것은 분명한 듯하다. 사실 당시 소설가격으
로 놓고 볼 때 소설은 고급품에 속했을 것으로 그 가격이면 생계에 크게
보탬이 됨이 분명했다. 明 周暉의 《金陵瑣事剩錄》卷一 〈金通殘唐〉에 보
면 明 武宗(재위: 1506-1521)이 갑자기 소설 〈金通殘唐記〉가 보고 싶다
고 하여 내시가 五十兩을 주고 책을 사 와서 바쳤다는 기록이 있다. 그리
고 蘇州 金閶의 書坊 舒仲甫에서 明 萬曆 연간에 간행한 《封神演義》는
글자 수는 70여만 자, 그림은 50폭에 전부 20권으로 구성되어 있는데 貳
兩이라고 가격이 적혀 있다. 이는 강남 지역의 보통 물가로 비교해 봐도

---

6) 성현경, 「19세기 조선인의 소설관」, 『한국소설의 구조와 실상』, 영남대출
　판, 1981.

쌀 3-4石을 살 수 있는 가격이고 7품 관원의 한 달 봉급에 해당하는 돈이었다고 한다. 그러므로 이를 구입할 수 있는 사람은 결코 많지 않았을 것이다. 그럼에도 불구하고 염정소설은 명 중엽부터 청 말에 이르기까지 계속하여 전성기를 누렸다. 특히 양적인 면에서 청 초가 두드러지는데 이 시기는 짧은 시간 동안 매우 집중적으로 소설이 쏟아져 나왔던 것이다. 통속소설의 주요 독자로는 상인층이었을 것이다. 그리고 식자층 중에서 시간적, 경제적 여유가 있는 士人 계층도 중요한 독자군이었을 것으로 추측된다. 염정소설의 경우 그 특성상 士人 계층보다는 상인계층을 위시한 시정배들이 더욱 주요한 독자였을 가능성이 있다. 염정소설은 바로 시정배들의 유흥적인 취미에 영합하여 산생되었다고 볼 수 있다. 한 마디로 士人의 수적 증가와 지위 하락이 가져온 소설독자, 작가층의 증가는 소설의 상업화를 주도한 書坊과 연계되어 소설의 시장 규모를 확장시키게 되고 이는 소설의 창작 방식에까지 영향을 미치게 된 것으로 볼 수 있다. 에로스 문학은 바로 이러한 배경하에서 흥기하였다.

그럼 한국이나 중국이나 경제적 요인 때문만이 아니라면 많은 문인들이 왜 에로스 문학 창작에 종사했던 것일까. 이것은 아마도 문예심리학 차원에서 당시 懷才不遇의 文人이 겪는 失落感으로부터 접근해야 될 줄로 안다. 이들은 바로 사회에서 겪는 고통과 불만을 발설하고자 에로스 문학을 창작한 것으로 볼 수 있다. 작품 속 인물의 흐드러진 성적 탐닉 및 유희의 묘사는 현실의 욕구불만에 대한 대리발설일 것이라 본다. 또한 이를 읽음으로써 대리 만족하려는 독자들도 매우 많았음이 분명해진다. 즉 에로스 문학은 작자와 독자가 모두 비슷한 목적과 希求를 갖고 있었던 것으로 사료된다. 사실 에로스 문학 작가들이 염두에 둔 독자들은 일반 백성들이 아니라 자신과 비슷한 文人들이나 시정배였던 것이다. 烟水散人이 〈合浦珠〉에서 자신의 독자를 '君子'로, 〈賽花鈴〉에서 '同志之士'로 표현한 것은 그간의 사정을 얼마간 말해 주고 있다. 작자들은 일반 백성이 아닌 문인, 특히 자신과 비슷한 처지의 하류 문인들을 염두에 두고 작품을 썼음이 분명하다. 일종 同病相憐의 교감을 했을 것이다. 보다시피 에로스 문학 창작의 기본 동력으로 영리 추구와 자아표현의 두 가지 목적을 지니고 있었다고 볼 수 있는데 후자가 보다 내면적이고 은밀한 욕구에 속한다면 전자는 보다 절박하고 외부적으로 드러나는 것이다. 한국의 경우를 좀 더 구체적으로 보면 남산골샌님으로 대표되는 출세하지 못한 문인들이 생계유지를 위하여 수입창출의 차원에서 주로 중국의 에로스 문학을 번안하고 창작했다. 이들도 마찬가지로 자신의 신분상승출세의 길을 찾을 길 없어 신세를 한탄하다가 그것을 작품 속에 투영시켜 자신의 정신적인 대리만족으로 하였음은 중국의 에로스 문학 작가들의 경우와 다르지 않다. 뿐만 아니라 또한 이를 읽음으로써 일반 독자들도 대리만족을 받았음은 더 말할 것도 없다. 앞에서도 언급했지만 에로스 문학은 그 작가와 독자층의 자아표현의 수요에 의해 창작되었다고 할 때 이것은 한 사람의 개인의 영리 추구와 자아표현에만 국한된 것이 아니다. 이것은 당시 풍조와도 밀접한 연관성을 가지고 있음을 알 수 있다. 당시 농업생산의 증대로 인한 경제적 풍요와 사상적 이완 등으로 중국문화에 대한 관심과 수요가 급증하였으나 주객관적인 원인으로 하여 수요와 공급이 원활할 수 없었을 것이다. 중국문화는 모두가 한문으로 되었기에 그 독자층이 모두 한문을 읽을 수 있는 왕실이나 상류층을 중심으로 한 독자가 아니고 일반인을 대상으로 할 때 한문소설은 극히 제한성을 가지고 있다. 이로부터 '국역본'의 형태로 유통되었는데 이것은 상류층 여성에게까지 애독되었음은 짐작할 수 있다. 이런 국역본으로 전래되어 온 것은 권섭의 모친

이 필사한 〈好逑傳〉으로 보아 알 수 있다. 일부 에로스 문학은 유입과 거의 동시에 번역이 이루어져 유통되었다. 그러나 이런 국역본들은 독자층의 수요를 만족시키기엔 부족하였을 뿐만 아니라 작가층 역시 중국소설의 유입과 번역 풍조에 직·간접적으로 영향과 자극을 받아 독자층의 수요를 보충하기 위해 별도로 창작한 것만은 사실인 것 같다. 이러한 외부적 영향과 국내의 급증적인 수요는 남산골샌님 같은 무명문인들에게 더 없이 좋은 창작의 기회를 주었을 것이다.

조선 후기 에로스 문학은 중국의 에로스 문학의 인물구성과 서사전개의 특성을 찾아볼 수 있다. 이러한 특점은 중국의 에로스 문학의 꼴을 닮았다는 점에서 비교연구의 좋은 테마가 될 것이다.

제2절 사상적 배경

한국이나 중국을 막론하고 예로부터 사람들은 성이나 性愛를 아주 자연스럽게 받아들였을 뿐만 아니라 매우 신성하고도 중요하게 여겼다. 한국의 경우 《三國志·魏書·東夷傳》의 《高句麗》條에 보면,

"其國東有大穴, 名遂穴, 十月國中大會, 迎遂神還于國東上祭之, 置木 遂于神坐."

양주동 선생의 해석에 의하면 여기서 '遂'는 바로 나무로 만든 남근을 가리키는데 '遂神'은 곧 남성신이라는 것이다. 보다시피 위의 구절

은 고구려의 남성신 신앙을 말해 주고 있다.

중국의 경우 《易經》의 《序挂傳》에 보면,

> "有天地, 然后有萬物; 有萬物, 然后有男女; 有男女, 然后有夫婦; 有
> 夫婦, 然后有父子; 有父子, 然后有君臣; 有君臣, 然后有上下; 有上下,
> 然后有礼儀有所措."

여기서 '男女'의 지위를 '天地', '萬物'의 아래, '부자', '상하', '예의'의 위에 존재하는 것으로 자리매김하고 있다. 그리고 같은 〈易經〉의 〈系辭下傳〉에서 '男女'의 지위를 '萬物'의 위로 격상시키고 있다. 그 원문을 보면,

> "天地, 萬物化醇; 男女枸精, 萬物化生."

여기서는 바로 '男女'의 '枸精', 즉 남녀의 음양교합이 세상만물을 '化生'했다는 것이다. 사실 중국에서는 유교의 창시자 공자조차도 '飮食男女, 人之大慾存焉.', 그리고 유교를 확립한 맹자도 '食色, 性也'하며 성을 자연스럽고 정상적인 인간욕망으로 긍정하고 있다.

고대 한국이나 중국에 있어서 근엄해야 될 왕이나 왕후들이 왕궁에서 스스럼없이 성적 담론이나 성적 메타포를 구사하고 있어 주목된다. 한국의 경우 《三國遺事·善德王知幾三事》에 보면,

> "蛙有怒形兵士之像, 玉門者女根也, 女爲陰也, 其色白, 白西方也, 故
> 知兵在西方, 男根入于女根則必死矣, 以時知其易捉."

이것은 신라 선덕여왕이 여근곡에 숨은 백제군이 결국 소멸되고 만다는 결론을 여근에 들어간 남근이 결국 제풀에 물앉고 만다는 남녀

음양교합의 유감주술로 풀이하여 신하들의 찬사를 받고 있는 대목이다. 《戰國策·秦策》에 보면 중국에는,

> 楚圍雍氏, 韓令尙靳求助于秦, 秦宣太后謂尙子曰："妾事先王時, 先王以髀加妾之身, 妾固不支焉. 盡置其身于妾之上, 而妾弗重也, 何也? 以其少有利焉. 今佐韓, 兵不衆粮不多, 則不足以救韓. 夫救韓之危, 日費千金, 獨不可使妾少有利焉?"

라 秦나라의 宣太后가 외국사신 앞에서 남녀의 성교자세로 적아쌍방의 군사형세를 이야기하고 있는 비슷한 장면이 있다.

그리고 한국의 《三國遺事·智哲老王》[7]에 보면 智哲老王의 음경이 너무 커 신붓감을 찾기 힘든 상황을 이야기하고 있다. 이를테면,

> "王陰長一尺五寸, 難于嘉耦, 發使三道求之. 使至牟梁部冬老樹下, 見二狗嚙一尿塊如鼓大, 爭嚙其兩端, 訪于里人, 有一小女告云: 此部相公之女子洗 于此, 隱林而所遺也. 尋其家檢之, 身長七尺五寸, 具事奏聞, 王譴車邀入宮中, 封爲皇后."

여기서 智哲老王의 음경이 큰 것은 허물이 되는 것이 아니라 다산의 상징이 되고 국가사직 흥성의 상징이 되는 신성한 의미를 가지고 있다. 중국 《左傳·宣公九年》[8]의 기록을 보면,

> "陳灵公与孔宁, 儀行父, 通于夏姬. 皆衷其袒服, 以戲于朝. 冶諫曰: '公卿宣淫, 民无效焉. 且聞不令, 君其納之.' 公曰: '吾能改矣!' 公告儿子, 儿子請殺之, 公弗禁, 遂殺冶."

---

7) 일연 작, 이민수 역: 을유문화사 1991. p.85.
8) 기원전 600년.

라 君臣들이 왕궁에서 서로 자기 情婦의 속곳을 자랑하며 농염한 농을 벌이고 있는 데서 당시 성 개방 정도를 가늠할 수 있다.

宋나라 사신 徐兢이 지은 《高麗圖經·雜俗二·瀚濯》卷二十三에 보면 당시 고려시기 개방된 성 풍속도를 보여 주고 있다.

> "旧史載: 高麗其俗皆洁淨, 至今犹然, 每笑中國人多垢膩, 故晨起必先沐浴而后出戶. 夏月日再浴, 多在溪流中, 男女无別, 悉委衣冠于岸, 而沿流褻露, 不以爲怪."

이와 비슷한 사례로 중국 고대문화가 확립되어 가던 상고시대 周나라에 관한 중요한 기재인 《周禮·地官》에 보면 '仲春之月, 令會男女, 於是時也, 奔者不禁.'이라 화창한 봄날 한철에는 남녀가 자유롭게 만나 둘이 좋아 놀아나도 금기사항이 아니었던 것이다.

보다시피 한국은 고려시기까지 '남녀칠세부동석'과 관계없이 남녀 같이 개울에서 스스럼없이 목욕을 했음을 알 수 있다.

한국과 중국에 있어 자연스럽고 자유로운 '남녀관계'에 대한 기재는 2천여 년 전부터 수시로 눈에 띈다. 이런 기재들을 놓고 보면 한국은 적어도 고려 때까지, 중국은 적어도 唐조 때까지 성에 있어서 유교적 구속을 그리 받은 것 같지 않다. 한국에서는 고려 말 성리학이 중국으로부터 들어오고 조선조에 와서 확립됨에 따라, 중국에서는 宋조 때 성리학이 성립되면서부터 '存天理滅人慾'의 성에 대한 구속이 있어 온 것으로 파악된다.

한국의 경우를 보면, 조선조에 들어서 유교를 국시로 하고 성리학의 명분론에 입각하여 안정된 체제를 추구하면서 '남녀칠세부동석'의 성적 억압이 팽배하기 시작했다. 그러다가 16세기 말 17세기 초반에 들어서서 임병양란이라는 미증유의 사건이 발생함으로써 조선사회 전체가 충격을 받게 된다. 따라서 조선중반기는 전쟁의 후유증으로 몸살을 앓으면서 그 과정을 극복해 나가며 사상상에서 일대 변혁이 일어난다. 이 시기에 순정 성리학자인 士林이 정계에 대거 진출하여 전쟁의 후유증을 도덕철학이라는 성리학적 이데올로기와 현실정치를 긴밀하게 논리적으로 결합시켜 극복하려 하였다. 순정 성리학으로 무장한 위정자들은 예학을 강화하여 예학의 발전을 이루게 된다. 곧 17세기 예학의 발달은 내적으로 성리학 속에서의 禮說의 심화에서 비롯된 것이지만 외적으로는 임진왜란 이후 예법의 해이, 상업발달과 국제무역의 증가 등 사회경제적 변화로 인해 동요하는 사회에 대응해야 하는 필요성에서 기인하였다.

그러나 순정 성리학과 더불어 예학의 강조는 어디까지나 상층 양반계층의 이야기이고 이미 느슨해진 사회의 기강과 예법의 해이는 분명 전반 사회의 의식의 변화를 야기하였고 신분의 동요를 일으켰다. 조선조의 신분제 사회는 피지배계급의 지속적인 신분상승 노력과 신분제 철폐 투쟁에 의해 서서히 붕괴되기 시작하였다. 16세기 말 전란의 소용돌이 속에서 노비는 군공 등을 통해 신분을 상승시키기도 하였으며, 주로 도망을 하여 노비 신분에서 벗어났다.

또한 17세기 중엽에 들어서서 상층에서는 인조반정을 계기로 하여 예송논쟁이 치열하게 전개됨으로써 상층에서도 예법의 논쟁이 가속되면서 예법이 흔들리게 되었다.9) 유교를 국시로 하는 왕권중심사회에서의 두 차례의 전쟁 경험과 예송에 대한 치열한 공방은 엄격한 신분질서로의 수직적 관계에 균열을 일으켰다. 왜란과 호란의 전쟁에 휘말린 경제적, 사회적, 정신적 충격과 상층 계층에서의 예학에 대한 강

---

9) 고영진, 「17세기 전반 남인학자의 사상」, 『역사와 현실』8호, 한국역사연구회, 1992.

한 논쟁과 반발은 하층 계층에도 영향을 미쳤으며 농업 위주의 사회에서 점차 상공업 위주로 나아가는 경향이 나타나면서 봉건사회의 신분질서를 동요시켰다. 예학의 발달과 강화라는 논리는 다시 말해서 예학의 전통에 균열이 생겼음을 알려주는 징표이다. 바야흐로 전통적인 사고에 대하여 백성들이 회의와 반성을 하면서 의식의 자각이 이루어지는 시기가 도래한 것이다.

뿐만 아니라 17세기에 이르러 天機論, 性靈論과 결부되어 인간의 자연스런 감정을 강조하기 시작한다. 정감 논의는 18세기에 이르러 主情論이라 부를 수 있을 만큼 주요 담론으로 부상한다. 18세기에 이런 담론이 형성될 수 있는 기반은 이미 17세기에 마련된 것이다. 성리학의 지배 이념은 욕망이나 정욕의 분출을 금기시하여 인간 정감의 유출은 억제되고 감정의 순수성만을 강조하였다. 그러나 이 시기에 와서 비로소 조선 시대의 절대 규범인 유교의 '남녀칠세부동석', '男女授受不親'을 절대적으로 강조한 '存天理 滅人慾'이 서서히 무너지기 시작했다. 조선조의 허균이 李卓吾의 영향을 받아 '男女情慾天定說'을 내걸었다. 따라서 17세기 이후 18세기로 넘어가면서 더욱 활발하게 남녀의 정욕 등 인간의 본능을 대변하는 작품들이 속출하게 되었다. 성정의 논의에서 정의 강조로 이동하게 된 것은 性의 문제에서 새로운 담론을 형성할 수 있는 계기를 마련했다. 규범화되고 강요된 체재 내에서의 순응에 머무르는 것이 아니라 '人慾'의 강조를 통하여 억제된 감정을 분출할 수 있는 계기를 마련하기 때문이다.

이런 情에 대한 긍정과 예학의 흔들림 그리고 전쟁 체험은 일반 민중에게 영향을 미쳐 민중의 개방적인 성적 의식이 싹트게 되었음은 주지의 사실이다. 민중 가운데에는 여성들도 포함되며 그들도 역시 성적 의식과 정욕에 대한 긍정의식이 싹텄음을 짐작할 수 있다. 성정의 논의에서 情에 대한 논의를 제기함은 남녀의 정에 대한 긍정적인 사고의 변화를 의미한다. 곧 기존의 남녀에 대한 사고가 흔들리고 있음을 반증하는 것이다. 성리학적 세계관을 표방했던 이념에 대해 이전과 다른 견해를 제기했다는 것은 사상과 의식의 변모를 그대로 반영한다고 볼 수 있다.

중국은 봉건사회가 정립된 漢代로부터 獨尊儒敎를 국시로 해 왔지만 성에 대해 비교적 자유로운 관점을 가지고 있던 도교가 적어도 중국인의 생활철학 내지 집단무의식 심층을 규정해 왔다. 도교이론 가운데 특이한 점은 성에 대한 이론적, 실천적 체계가 여타의 종교와는 확연히 다르다는 것이다. 유교가 인간의 성에 대해 언급하지 않거나 혹은 부부간의 금슬 좋음에만 한정해 말한다면 도교는 성을 긍정할 뿐 아니라 성에 관한 훈련을 통해 得仙이라는 최고의 경지에 이를 수 있다고 천명한다. 이러한 성에 대한 도교의 훈련방법을 房中術이라고 하는데 이는 바로 음양오행의 원리에 따라 남녀 간의 성적 교합상태를 연마하여 결국에는 不死의 경지에 이르게 하는 방법이라 하겠다. 당대에 편찬된 의학서인 孫思邈의 『千金要方·房中補益』10)에서는 이러한 방중술에 대해 다음과 같이 언급하였다.

> 양의 도는 불의 원리를 따르고 음의 도는 물의 원리를 따르기에 음은 양을 제압할 수 있는 것이다. …… 그러므로 무릇 정기가 적어지면 병이 생기고 정기가 다하면 죽게 됨을 생각하지 않을 수가 없고 삼사지 않을 수가 없게 된다. 여러 번 교접하고 한 번 사정하면 정기가 날로 강해져 사람을 허하게 만들지 않는다. 그러나 여러 번 교접하지 않았는데도 교접 즉시 사정해 버린다면 이로움을 얻지 못하게 된다. 사정한 정기는 자연히 생성되지만 천천히 늦게 생성되기에 여러 번 교접하고 사정하지 않는 것이 차라리 빠르다.

---

10) 劉達臨, 『中國古代性文化』, 銀州: 寧夏人民出版社, 1993, p.566.

위에서 보이는 바와 같이 도교의 방중술은 남녀의 성교합을 천지음양의 도와 연결시켰다. 이것은 곧 俗의 범주에 있는 인간의 신체를 聖의 범주로 끌어올리는 관점과 연접되면서 성에 대한 독특한 중국인의 문화의식을 형성했다.11) 이 밖에도 인간의 신체와 성을 천지자연의 이치로 파악한 또 다른 중국인의 典籍으로는 唐대에 나온 《天地陰陽大樂賦》12)를 거론할 수 있다. 甘肅省 敦煌의 鳴沙山 석실에서 발견된 《天地陰陽大樂賦》의 저자는 당대의 유학자이자 전기작품인 〈李娃傳〉을 지은 白行簡으로 기록되어 있다. 그러나 백행간이 남긴 문장 등과 역사서에 언급된 그의 사적에서 그가 방중술에 관심을 가졌다는 기록은 전해지지 않기에 《天地陰陽大樂賦》가 과연 백행간이 지은 것인지 아니면 백행간에게 가탁된 것인지는 확실하지가 않다. 하지만 《天地陰陽大樂賦》의 저자가 누군가의 문제와는 상관없이 이 賦의 내용 중에는 〈洞玄子〉, 〈素女經〉 등 唐대 이전의 성 관련 전적이 언급되었을 뿐만 아니라 후세에 중국인들에게 많은 영향을 주었다는 데 사람들의 주목을 끈다. 이 賦는 중국인의 개방된 성의식을 잘 보여주고 있는13) 자료로 인간의 육체적 성장과 함께 남녀의 성에 대해 자세한 묘사를 그 내용으로 하고 있다. 《天地陰陽大樂賦》는 묘사를

---

11) 房中術과 관련된 서적과 이론들은 漢代부터 존재하였다. 여기선 특별히 唐代와 관련하여 방중술에 주목하는 것은 한대로부터 축적되어 내려온 도교적 성문화가 당대라는 사회 속에서 큰 비중을 차지했음을 상조하기 위해서이다. 즉 방중술은 개방적이고도 이질적인 당대문화의 특성으로서 에로티즘이 자리하기 위한 자양분 역할을 했을 것이다.

12) 《天地陰陽大樂賦》의 전체적인 내용은 周安托, 《秘戱圖大觀》, 臺北: 金風出版有限公司, pp.267-290 참조.

13) 金敏鎬, 「敦煌藏經洞의 閉鎖時期에 관한 考察」, 『中國語文研究』, 중국어문연구회, 제8집, 1995에 따르면 둔황에서 발견된 문서들의 간행연대가 唐末에서 오대까지로 조사되어 있다. 바로 이러한 점을 감안했을 때 《天地陰陽大樂賦》가 처음 만들어진 시기 역시 적어도 唐代로 추정된다.

32

위주로 하는 賦의 형식을 이용해 남녀의 교접상태에 대해서도 세밀하게 표현하였는데[14] 이와 같은 대담한 표현방식은 다른 민족의 경우에 찾아보기 힘들다. 다음은 賦의 일부분이다.

> 이에 옥경을 드러내고 붉은 속곳을 당겨 벗기며,
> 흰 발을 들어 올리고 옥 같은 둔부를 쓰다듬네.
> 여자는 남근을 잡으니 그 마음이 푸르륵,
> 남자는 여자의 혀를 머금으니 그 정신이 가물가물.
> 바야흐로 정액을 칠해 바르며,
> 위아래로 문지르네.[15]

《天地陰陽大樂賦》에서 보이는 바와 같이 전통적으로 중국인은 성에 관해 관심을 많이 나타내고 있다. 그리고 여타의 봉건왕조에 비해 성에 대해 비교적 자유로운 분위기 속에 唐代의 여성들은 제한적이나마 사회활동에 참여하기도 하였다. 중국 역사상 전무후무한 여성황제인 則天武后의 존재에 대해서는 차치하고라도 성적 개방을 누린 女道士 계층의 형성은 중국 사회만의 독특한 한 풍경으로 주목된다.

사실 중국에 있어서 진정한 에로스 문학의 발흥은 명 말로부터 산생되기 시작한 사상해방사조의 영향에 힘입은 바 크다. 이 사상해방사조의 대표적 유파의 하나가 王學左派이다. 이 유파의 창시자로는 王畿(龍谿: 1498-1538)를 들 수 있는데 그는 스승의 학설을 뛰어 넘어 당시의 사상해방 사조를 극단적으로 발전시켰다. 이 유파는 명 말의 士人들의 사상과 일상생활에까지 큰 영향을 미쳤다. 이들보다 더욱 과격

---

14) 周安托, 《秘劇圖大觀》, 臺北: 金楓出版有限公司, p.271.

15) (乃出朱雀, 攬紅褌, 抬素足, 撫玉臀. 女握男莖, 而女心忒忒. 男含女舌, 而男意昏昏, 方以精液塗抹, 上下揩擦.)

한 사상가가 바로 유명한 李贄(1527-1602)이다. 李贄의 '동심설'은 하나의 커다란 충격으로 된다. 그의 과격함은 反傳統에서 가장 치열하게 구현된다. 반전통의 시각에서 그는 인간의 욕망이나 이기심 등을 하나의 天性으로 여기고 그것을 인간 활동의 동기이자 인류 사회발전의 동력으로 여기기도 하였다. 그의 이러한 관점은 理學에서 말하는 天理觀과 정면으로 맞섰을 뿐만 아니라 유가의 전통적인 도덕관념과 전적으로 배치되었다. 李贄는 결국 이러한 튀는 사상경향으로 인해 '異端之尤'로 몰려 자살을 강요당하고 만다. 이렇게 이기주의와 욕망을 공개적으로 선양하는 李贄의 주장은 윤리도덕에 얽매이지 않아도 된다는 편리한 잣대로 마음대로 기성의 질서를 무시하였는데 이러한 사상경향은 일반 문인들에게도 널리 퍼져 명 말에서 청 초에 이르기까지 많은 名士才人들이 이러한 주장에 따랐다. 이들은 개성을 존중하고 '狂放'하였으며 기질적으로 구속을 싫어하고 자유를 추구했다. 일종 我行我素의 경지를 창출했다. 이는 王學左派의 생활과도 깊은 관계가 있으니 이들의 생활준칙은 儒보다 俠에 더 가까워서 집을 떠나 강호를 유랑하는 경우도 적지 않았고 가족제도, 종법제도를 기본으로 하는 중국사회의 명교윤리를 무시하기도 했으며 의리관게를 최고로 여겼다. 비록 청 초에 이르러 일부 정통적인 사상가들에게 혹독한 비판을 받고 明 滅亡 원인의 하나로 지목되기도 했으나, 이러한 王學左派의 스스럼없는 행위와 성적인 면에서 개방된 사상은 당시의 일반 사람들에게 많은 영향을 주었다. 인간의 감성과 욕망을 중시하는 풍기는 沈璟과 湯顯助로부터 시작하여 명대 중엽 이후부터 傳奇와 소설 작가들에게 큰 영향을 주었다. 명대 문언소설의 경우 많은 작품에서 주인공들은 그야말로 자신의 '慾望', 특히 성적 욕망을 그대로 실천에 옮겼고 그에 대해 아무런 도덕적인 고려도 하지 않고 양심의 가책도 느끼지

않았다. 그야말로 사회의 기존 윤리도덕과 완전히 배치되는 인물들이
지만 이들은 결코 이로 인한 비판이나 인과응보를 받지 않았다. 재자
가인소설에서 재자들이 표면적으로 禮와 名敎를 최고의 가치로 내세
우면서도 생활태도나 자세에서는 '狂放'하고 예에 구속되지 않는 모습
을 보이는 것은 바로 王學左派들의 영향을 받은 것에 다름 아니다. 그
대표적인 예로 烟水散人의 작품에 많이 등장하는 풍류재자를 들 수
있다. 그리고 표면적으로 매우 단정하고 엄숙해 보이는 재자들에게서
도 명 말에 숭앙되었던 異常인격의 영향을 엿볼 수 있다. 性的으로는
방탕하지 않다고 해도 이성적이지 못하고 기질적이고 감정적인 면을
유난히 강조하는 자유분방한 재자들이 중시했던 것은 '自我'였고, 그들
의 화두는 여전히 '성적 욕망'이었던 것이다.16) 바로 이런 전반 사회
적인 성적 욕망의 일출 때문에 결국 〈金瓶梅〉와 같은 희대의 에로스
문학도 탄생할 수 있었던 것이다. 보다시피 명 말 새로운 사상해방사

---

16) 〈春柳鶯〉의 재자인 石液은 물론 "詩詞歌賦와 제자백가에 모두 정통"하
　　였고 "친구와 義를 좋아하여 돈을 아낌없이 쓰는데 이를 흙처럼 하찮게
　　여겼고 마음 맞는 친구와 널리 결의하여 생명처럼 여겼다. (詩詞歌賦,
　　諸子百家, 無不精通. 爲人喜友好義. 揮散宦貲, 以爲糞土: 浪結知心, 就當
　　性命)" (〈春柳鶯〉第1回)이렇게 몇 년을 지내자 집안의 돈이 거덜 나고
　　찾아오는 사람이 적어지자 혼자 시문을 지으며 지낸다. 그는 "반드시 才
　　女를 얻어 머리가 희어질 때까지 함께 시를 읊고 俠士를 친구로 삼아
　　평생 동안 유유자적 소요하고 싶은(必須得個才女, 白頭吟哦: 得個俠士,
　　終身嘯傲)" (〈春柳鶯〉第一回) 소원을 가지고 있는 그러한 인물이었다.
　　〈平山冷燕〉의 평여형은 향시에서 宗師가 뇌물을 받고 그를 11위로 놓자
　　그에게 강하게 항의하여 벌을 받게 되자 그는 의관을 벗어던지고 그러
　　한 수재는 되고 싶지 않다면서 "살면서 단지 재주 없음을 걱정할 뿐이
　　지 만약 깃털 이미 풍성하다면 어떤 하늘인들 높이 날지 못하리요(人生
　　只患無才, 若羽毛己豊, 則何天不可以高飛?" (〈平山冷燕〉第7回)이렇게 자
　　유스러움, 솔직한 자기표현, 강한 자부심 등의 특징으로 표현되는 재자
　　가인 소설의 남자 주인공들은 明代 王學 左派家들이 최고로 떠받드는
　　이상 인물의 전형이라고 볼 수 있다.

조는 에로스 문학을 형성하는 결정적인 요소가 되었다.

그러다가 청대에 들어서면서 情, 理의 조화로운 합일을 꾀하는 사상경향이 나타나기도 했다. 陳確, 王夫之, 戴震 등 청 초 사상가들이 제기한 理欲合一說은 전형적인 보기가 되겠다. 어떤 의미에서 명대의 사상계는 理學과 心學의 힘겨루기였다고 할 수 있다. 理學과 心學이 주관적이고 객관적이라는 점, 욕망에 대해 부정과 긍정의 부동한 견해 등 면에서는 많은 차이가 나지만 근본적으로 모두 思辨的인 관념론이라는 점에서는 같다. 그러나 청대에 들어서 經世致用學 혹은 考證學이 대두하고 객관적인 경험론과 실증주의로 나아가면서 그 사상경향이 완전히 달라지게 되었다. 이들은 經世致用을 목표로 두면서 王學을 수정하려는 움직임도 보였다. 청대의 가장 대표적 학자는 梁啓超인데 그가 가장 강조했던 인격의 표준은 '方嚴(방정하고 엄숙함)'이였다. 욕망의 해방을 내세웠던 명 말과 달리 청 초에는 방정하고 엄숙한 새로운 인격 표준이 제기되기 시작했음을 알 수 있다. 그러나 청 초의 사상가들이 議論 중에서 보인 중요한 단서의 하나는 어디까지나 그들의 '人欲論'이다. 명대의 理學家들은 천리와 인욕을 대립되는 것으로 파악했다. 인욕이란 氣에서 생겨나는 氣質적인 性으로서 眞有가 아닌 客形일 뿐임으로 제거해야 할 것이라고 생각하여 '存天理, 滅人欲'을 주장하게 된다. 반면 王學左派 사상가들은 사회의 윤리 도덕을 아랑곳하지 않는 개인의 욕망이나 이기심마저도 天性으로 추켜세웠다. 그러나 청 초의 사상가들은 천리와 인욕을 二元的이 아닌 一元的인 것으로 파악했다. 이런 새로운 인욕론을 주장한 대표적인 학자가 명의 遺民인 陳確(1604-1677, 字 乾草)이다. 이후 王夫之(1619-1692) 역시 人欲을 긍정했는데 그는 理는 氣에 내재하고 理는 欲에 내재한다고 하여 "欲이 곧 理이다(欲卽理也)"라는 理欲一元說을 내세웠고 "人欲에서 天理를 본다(於人欲見天理)."고 하였다. 人欲과 天理를 결합시킨 이러한 淸初의 人欲論은 당시 소설 속에서 욕망과 도덕의 관계를 설정하는 데 있어서 큰 영향을 미친 것이 분명하다. 작가들은 이 문제를 어떻게 균형 있게 다룰 것인가에 대해 많은 고민을 한 것 같다. 이러한 점 때문에 당시의 작가들은 바로 '情의 倫理'와 '情과 勢'의 대립구도라는 새로운 출구를 찾아낸다. 이러한 양상은 재자가인소설뿐만 아니라 당시 남녀 문제를 다룬 많은 서사문학에서 공통적으로 등장하는 새로운 애정관을 형성했다. '情'의 윤리화로 나간 듯하지만 결국 理나 禮에 대한 情의 승리를 나타냈다.[17] 이는 청대 에로스 문학에서 인간욕정의 분출을 긍정하게 된다. 明淸 兩代의 문언소설을 연구한 郭英德은 명말 이후의 작품에서는 情과 禮, 情과 理, 情과 性의 통일을 추구한 듯하면서도 사실 情과 勢의 충돌로 전환했으며 결국 인간 性情의 분출을 긍정한 것을 그 사상적 배경을 설명하고 있는 데 일리가 있다.

이상 보다시피 조선조 중반기와 중국의 명말청초의 새로운 사상경향이나 사조들이 에로스 문학에 있어서 대담한 성적 표현을 가능하게 했던 것이다.

---

17) 〈定情人〉과 〈女開科傳〉을 예로 들며 주인공들이 忠, 孝를 버릴지언정 情을 지켰음을 강조하며 여기서 말하는 情은 '死生無二'의 專一한 情이며 어떠한 사악함도 없는 지고지순한 情으로 파악했다. 후반부에서는 서로에 대한 신의 때문에 節을 지키는 것으로 변질된다. 이는 대부분의 재자가인소설에서 볼 수 있다. 즉 많은 작품에서 재자가인의 情 역시 도덕화, 윤리화시켜서 묘사하고 있지 결코 情, 禮의 대립으로 끌고 가지 않는다.

제3장 淫書에 대한 양국의 대응

전반적으로 한국과 중국의 에로스 문학을 보건대 유교의 성리학이 확고히 확립된 조선조나 중국의 명청 시기 '萬惡淫爲首'와 더불어 그것은 淫書로 낙인찍힌다.

자연스럽고 신성한 에로스 문학이 일약 시시껄렁한 존재로 전락된다. 그러나 성에 대한 인간의 본능적인 호기심 및 역반심리, 그리고 시장성 등에 의해 에로스 문학은 알게 모르게 음성적으로 짓궂게 창작되고 유통되어 왔다. 오히려 이 시기는 淫書가 그 어느 때보다도 많이 눈에 띈다. 결과적으로 禁書조치와 淫書유통이라는 아이러니한 상황이 벌어졌다. 그래서 여기서는 淫書에 대한 주로 조선조와 중국의 명청 시기의 대응양상을 살펴보면서 양국에 있어서 禁書와 淫書의 갈래판을 살펴보도록 하자.

제1절 명청 시기 淫書

명청시기 통치자들은 문화통치의 방편으로 정주이학을 대대적으로 제창함과 더불어 각지에서 유행되는 '異說書籍'을 폐기처분하도록 강경한 조치를 취했다. 명신종 만력 30년(1602년)에는 '異端之尤' 李贄를 자진케 하고 대규모적인 금서운동을 벌렸다. 그러나 사회상에는 이미 왕양명을 대표로 하는 새로운 사조가 나타나고 사회정치, 경제 등 많은 분야의 모순이 첨예하게 한데 겹쳐 실제적으로 신경을 쓰지 못하며 그리 실효를 거둘 수 없었다. 음서의 대표격으로 꼽힌 〈金瓶梅〉조차도 사대부 속에서 유전되었다. 청조에 들어서 제1대 황제인 청세조는 순치 9년(1652년)에 정식으로 어명을 내려 '瑣語淫詞'에 엄금했는데 '違者從重究治'한다고 했다. 그리고 제2대 임금인 강희 때인 강희 2년(1662년)에 재차 '嗣後如有私刻瑣語淫詞, 有乖風化者'에 대해서는 색출하여 엄벌에 처한다고 했다. 그러나 이상적인 효과를 거두지 못하자 조정대신들의 상소가 이어졌다. 강희 26년(1687년) 형부급사 劉楷의 다음의 상소는 그 한 보기가 되겠다.

"自皇上嚴誅邪敎, 异端屛息, 但淫詞小說, 犹流布坊間: 有從前曾禁而公然夏行者, 有刻于禁后而誕妄殊甚者.臣見一二書肆刊單出凭小說, 上列一百五十余种, 多不經之語, 誨淫之書, 販賣于一二小店如此, 其余尙不知凡几.此書轉相傳染, 士子午務華者, 明知必无其事, 僉謂語尙風流, 愚夫鮮識者, 妄擬實有其徒, 未免情流蕩佚.其小者甘效傾險之輩, 其甚者漸肆狂悖之詞, 眞學術人心之大蠹也."18)

이 상소에서는 '淫詞'와 '小說'을 아울러 거론하며 소설을 '誨淫之書'로 보고 있다. 그러면서 통속문학이 사회에 끼친 해독을 피상적으로 운운하며 금서조치로 사회질서를 바로 잡자는 것이다. 강희황제는 재차 소설에 대해 '嚴行禁止' 조서를 내린다. 사실 강희황제뿐만 아니라 청조의 역대 황제들은 소설에 대한 '嚴行禁止' 조치를 청조의 기정정책으로 정

---

18) 『史料』, p.24.

해져 죽 이어져 내려왔다. 조정의 이런 금서조치하에서 많은 도학자들과 관부에 아부하는 투기자들이 분분히 떨쳐나서 소설의 성적 요소에 대해 대대적으로 '토벌'했다. 예컨대 項明達의 《重刻勸毀淫書征信彔》에서 운운한 "至惡莫如淫, 難治亦莫如淫, 逆制之犹惧不胜, 顧可順而導之乎? 鞠淫之根由于迷, 所以迷者由于認穢而爲美. 余嘗謂……導淫亦不一事, 能順以益迷者, 淫書最烈."을 보면 모든 죄악의 근원을 소설에 돌리며 케케묵은 '萬惡淫爲首, 百善孝爲善'을 계속 들먹였다.

청조의 통치자들은 명대 후기 '心學'의 性情解放說에 힘입어 산생된 일군의 염정소설이 명조 멸망에 키질한 것으로 보았다. 청대에 들어서자 바로 명대의 이런 염정소설의 영향을 받아 음사소설들이 범람했다. 그래서 청조의 역대 통치자들은 기를 쓰고 금서조치를 취했는데 특히 명대에 산생된 〈金甁梅〉, 〈如意君傳〉, 〈痴婆子傳〉, 〈肉蒲團〉 같은 염정소설이 주요 표적이 되었다.

그런데 한 가지 주목을 요하는 일은 청조 관변 측에서 분명히 淫詞소설과 반청경향을 띤 작품에 대해 변별적 정책을 실시했다는 데 있다. 즉 淫詞소설에 대해서는 도서시장에서 '대소탕'을 하되 될 수 있는 한 그 유통을 줄이고 영향을 좁히는 데 있었던 것으로 혹독한 文字獄으로는 비화시키지 않았다. 그러나 반청경향의 작품에 대해서는 전국이 떠들썩하는 文字獄을 조성하고 피비린내 나는 진압을 진행하여 금서조치는 더 말할 것도 없고 연좌죄 형식으로 관련 인원을 모조리 처벌했던 것이다.[19] 그래서 淫詞소설은 표지를 바꾸는 등 여러 가지 방식에 의해 음성적으로 계속 유통되었던 것이다. 동치 24년(1868년) 절강 순무 丁日昌이 淫詞소설을 금하는

---

19) 康正果의 『重審風雨鑒: 性與中國古代文學』, 요녕인민출판사, 1998. p.266.

> "亟將應禁書目, 黏單札飭, 札到該司, 即于現在書局附設銷毀淫詞小說
> 局, 略籌經費, 俾可永遠經理, 幷嚴飭府縣, 明定限期, 諭令各書鋪, 將已
> 刷陳本, 及未印版本, 一律赴局呈繳, 由局匯奇, 分別給价, 即由該局親督
> 銷毀; 仍嚴禁書差, 毋得向各書肆藉端滋扰. 此系爲風俗人心起見, 切勿視
> 爲迂腐之言."

이라는 금령을 보면 관변 측에서는 비록 점차적으로 금서조치를 완미
화해 나갔지만, 그 수단과 방법에 있어서는 그래도 상당히 유하고 온
건했다. 淫詞소설에 대해 종전에는 강제적으로 몰수했다면, 현재는 유
도하는 방식을 취하기도 하며 관변 측에서 돈을 내여 책가게 주인들
의 손실에 대해 일정한 보상을 해 주기도 했다. 『中國小說史料』[20]에
의하면 관변 측의 이러한 타협적인 금서조치는 시장성이 있는 조건하
에서 淫詞소설 인쇄자와 경영자들로 하여금 책이름을 바꾸거나 관변
측에서 비준한 듯한 인을 위조하여 박아 공개적으로 유통시키며 이익
을 챙겼다. 그리하여 丁日昌이 열거한 금서목록들을 보면 원 책이름
을 제시한 외에 다른 책이름을 제시하기도 했다. 그런데 이런 책이름
의 제시는 또 다른 역효과를 가져오기도 했다.

> "少年子弟, 雖嗜閱淫艶小說, 奈未知其名, 亦无從遍覓. 今列擧如此詳備,
> 盡可按圖而索, 而不翅示讀淫書者以提要焉, 夫亦未免多此一擧矣!"

'少年子弟'들이 '淫艶小說'의 책이름을 몰라 난감하던 중 바로 이런
책이름이 열거됨에 따라 오히려 그런 책들을 손쉽게 찾아 읽었다는
것이다.

한마디로 명청 시기는 淫書에 대한 관변 측의 공개적인 단속과 민

---

20) 孔另境 편집. 상해고적출판사 1982. p.263.

간의 일반 인쇄업소나 책방경영자 내지 독자들 속에서는 음성적으로
유통된 이중적인 모순적인 모습을 보였다. 이것은 조선조의 경우와는
좀 다르다.

제2절 조선조 시기 淫書

　조선조의 淫書는 조선 문인들 스스로 창작하고 만들어 냈다고 하기
보다는, 주로 중국 명청의 淫書들이 음성적으로 수입된 것이다. 그러
면서 이것의 파급효과로 일부 창작되기도 했던 것이다. 그럴진대 전
반적으로 볼 때 조선조의 淫書는 중국 명청의 것보다 양이 훨씬 적다.
　명청의 淫書가 조선조에 들어오는 것은 물론 불법이다. 그래서 조
선조 관변 측의 제재와 금지를 당했다. 유가사상을 기본 국책으로 하
는 조선조에 있어서, 도학자와 일반 문인들도 중국 명청의 淫書에 대
해 그 위해성을 들어가며 맹렬히 비판했다. 사실 淫書뿐만 아니라 일
반 명청소설에 대해서도 싸잡아 비판을 가했다.
　「한국에서의 中國禁毁小說」[21]에 의하면 중국 淫詞소설에 대한 배격
론은 일찍 柳夢寅의 《於于野談·學藝篇》에서 보게 된다는 것이다.

　　"今年春, 新刊中原書七十种, 目曰《鐘离葫芦》, 自西湖所來, 淫藝不忍
　　聞.……"

---

21) 최용철, 東方叢刊 1998.3 pp.44-60.

42

여기서 中原에서 새로 간행했다는 '淫藝不忍聞'하다는 七十种 책은
명 말 중국의 강남지구에서 간행한 많은 통속소설을 가리킨다. 사실
이런 통속소설에는 일반 애정물도 많다.

安鼎福(1712-1791)은 《順庵集》에서 淫詞小說에 대해 警戒論을 펼치
고 있다.

"看書不可以不愼,　看淫戲小說不覺有流蕩之意,　看山水淸淡不覺有烟
霞之想,　看兵陣諸說不覺有武猛之气,　看圣賢傳則志平气和,　以油然有正
大之心. 故古人每以雜書爲戒."

그리고 《順庵雜書》에서는 중국의 四大奇書에 대한 관점을 피력하고
있다.

"余觀唐板小說,　有四大奇書,　一《三國志》也,　二《水滸傳》,　三《西游
記》,　四《金屛梅》也. 試《三國》一匣,　其評論新奇,　多可觀……四奇之意,
不如《三國》之鼎峙,　則寧流之爲《水滸》,　變幻爲《西游》,　否則托迹于酒
樓歌屛之中,　而消磨此日月者也. 然則其志可悲也耳."

소설로서의 四大奇書가 상응한 역사서보다 못하다는 것이다. 崔容
澈은 위의 논문 「한국에서의 中國禁毁小說」에서 安鼎福이 〈金甁梅〉를
〈金屛梅〉라고 고친 데 대해 다음과 같이 분석하고 있다.

"値得注意的是,　這里作者称《金甁梅》爲《金屛梅》,　看起來不是誤看或
筆誤所致,　而是認爲這'甁'的來源是'酒樓歌屛'. 是否当時有如此寫的版本,
還是他雖然說直接看過四大齊書,　但實際上沒有看過《金甁梅》? 后來李
遇駿在《夢游野談》中也叫《金屛梅》.(李遇駿(1801-1867),　号夢游子,　成
均館生員. 著《夢游野談》,　晩年隨行使臣赴燕,　著《燕行彔》. 李遇駿的

> 《夢游野談》中有一篇關于小說的文章，　其中就把《金瓶梅》寫作《金屛
> 梅》：“……一曰《金屛梅》, 是說富人西門慶, 蓄妾于一室中, 恣行歡謔, 曰
> 金曰屛曰梅諸女, 妒寵猜美, 各以十三省方語, 自相戲慢, 是擧其一家而
> 言也.”

그 원인을 주로 두 가지 방면에서 찾고 있다. 첫째, '瓶'의 내원이 '酒樓歌屛'에 있기 때문이고 둘째, 安鼎福이 실제상 〈金瓶梅〉를 못 보았을 수도 있기 때문이다. 최용철의 관점과 좀 다른 관점을 풀이하고 있는 정옥근의 「조선시대 중국명청소설 '5대기서'의 전파와 영향」[22]에 보면 그것은 〈金瓶梅〉의 내용이 '誨淫'하기 때문에 사람들이 그 책이름을 입에 올리기에 기피한 데 그 원인이 있다는 것이다. 이로부터 〈金瓶梅〉라는 책이름조차도 기타 四大奇書에 비해 매우 적게 취급되는데 부득이 취급할 경우에는 〈錦屛梅〉, 〈金屛梅〉, 〈屛梅〉 등으로 대체하고 만다는 것이다. 그 보기로 완산 김씨가 창작한 《中國小說繪模本》의 小序에서 〈錦屛梅〉로 적었고 무명씨가 창작한 〈玉仙夢〉의 序에서 '屛梅'로 적고 있다는 것이다. 그러면서도 〈金瓶梅〉는 조선조시기 젊은 사람들한테 매우 인기가 있었다고 했다. 사실 〈金瓶梅〉가 조선조에서 유행된 점은 李德懋의 《靑年館全書》의 “〈金瓶梅〉一出, 助淫者多, 少年不看此書, 爲大恥.”라는 기록에서도 알 수 있다. 完山李氏序, 金德成外畵의 『中國小說繪模本』[23]에 보면 사실 조선조에는 〈金瓶梅〉 외에 기타 중국의 이른바 '淫談怪說' 작품도 많이 유행되었다.

---

22) 『중어중문학』제25집. 한국중어중문학회 1999. p.298.

23) 강원대학교출판부 1993. 이 책은 현재 서울국립중앙도서관에 보관되어 있다. 일제통치시기 출판한 판본에는 『支那歷史繪模本』이라 했는데 원래 책 내용에 근거하여 『中國小說繪模本』이라 부르도록 한다.

> "曰《濃情快史》, 曰《昭陽趣史》, 曰《錦屛梅》, 曰《陶情百趣》, 曰《玉
> 樓春》, 曰《貪歡報》, 曰《杏花天》, 曰《肉蒲團》, 曰《戀情人》, 曰《武夢
> 緣》, 曰《灯月緣》, 曰《鬧花叢》, 曰《艶史》, 曰《桃興圖畫》, 曰《百抄》, 曰
> 《何澗傳》."

이들 작품목록에는 당시와 현재에도 눈에 잘 안 띄는 진귀한 소설 목록들이 많이 눈에 띈다. 이것은 당시 궁중에서 생활한 완산 이씨 혹은 사대부집안의 부녀들이 이미 상당히 많은 중국소설들을 접했음을 알 수 있다. 물론 이들 소설가운데는 당시 엄금되었던 음사소설들도 있다. 그렇다 해서 이런 음사소설들이 지탄을 안 받은 것은 아니다. 정통사대부들에 의한 음사소설들에 대한 비판과 공격은 항상 있어 왔던 것이다. 沈綽(1776-1800)의 『松泉筆譚』卷三에 보면,

> "大明人物, 浮浪輕佻, ……著述文字, 如〈金瓶梅〉, 〈肉蒲團〉著書, 无
> 非誨淫之術."

라 誨淫하는 〈金瓶梅〉나 〈肉蒲團〉 같은 음사소설을 지은 '大明' 사람들을 '浮浪輕佻' 하다고 핀잔하고 있다.

趙在三(1808-1866)도 《松南雜識》[24] 에서 도학자들과 젊은 유생들이 〈金瓶梅〉, 〈紅樓夢〉 같은 誨淫소설을 읽어서는 안 된다고 했다. 그는 또 《松南雜識》의 〈稽古類·西廂記〉조에서도 "〈金瓶梅〉, 〈紅樓浮夢〉等小說不可使新學少年律己君子讀也."라 하며 다시 한 번 더 강조하고 있다.

당시 조선조 문인들은 대개 소설에 대해 부정하고 경시하는 태도를 취했다. 소설 등 통속문학은 사람의 마음을 해치고 풍속을 더럽힌다고 보았다. 그래서 그들은 〈金瓶梅〉, 〈肉蒲團〉, 〈紅樓夢〉 등 소설이

---

24) 아세아출판사영인본 1986. p.1018.

젊은 사람들에게 지극히 나쁜 영향을 준다고 보며 이런 중국소설의 유입 및 유통에 대해 심한 우려를 나타냈다. 그런데 〈金甁梅〉 전후에 나온 〈肉蒲團〉, 〈여의군전〉이 〈金甁梅〉보다 더 색정적인데도 불구하고 굳이 〈金甁梅〉를 짓궂게 물고 늘어진 것은 조선조에서 〈金甁梅〉가 이런 음사소설의 일종 상징으로 되었기 때문이다. 이 점은 중국의 상황과 전적으로 같이 갔다. 李夢生의 《中國禁毁小說百話》[25]에 보면 중국에서 '같은 금지되는 淫穢소설임에도 불구하고 〈金甁梅〉를 淫書의 대표작으로 꼽는다'는 것이다.

　조선조에서는 이른바 '唐版書', 즉 음사소설을 비롯한 중국의 명청소설에 대해 정부 차원에서 그 유입을 엄금했던 것이다. 영조(1725-1776), 정조(1777-1800) 대는 보다 개방적인 문화풍토 속에서 중국의 통속소설이 그 어느 때보다도 많이 유입되었는데 종류도 다양했다. 이런 작품들은 당시 문인들에게 매우 큰 영향을 주었다. 그래서 조정에서는 수차에 걸쳐 이런 통속문학의 수입과 열독에 대해 엄금할 것을 토의했다. 正祖十年(1789年)에 大司憲 金履素가 "近來燕購册子不經書籍, 左道之熾盛, 邪說之流行, 職由于此, 請嚴禁, 從之."라고 상주한 것은 그 한 보기가 되겠다. 정조 연간에는 연이어 소설수입금지령을 내렸던 것이다. 『正祖實録』卷二四(1787年)에 보면,

　　"至于書册則我國人家溢宇充棟者, 无比唐本, 雖于已出本, 耽看足爲該洽, 人亦足爲文章, 士更安用多購乎. 最所切可惡者摸索爲明末淸初文集及稗官雜說, 尤有害于世道, 觀于近來文体, 浮輕唯殺, 无館閣大手筆者, 皆由于雜册之多出來, 雖不必設法禁防, 爲使臣者, 若能禁其已甚, 犹賢于蕩然. 此意令使臣如悉. 至于雜術文字, 元事目中, 別立科條期于痛禁."

---

25) 상해고적출판사 1994. p.42.

라고 역설하고 있다. 그리고 그 금지이유에 대해 正祖는 "文字貴于意順而辭達, 近日所謂奇巧警拔云者, 以予觀之, 則其不涉于礁殺鄙俚者鮮矣. 此所以禁貿稗海必以變文体爲眷眷也."라고 했다. 이것이 바로 정조의 '문체반정'이다. 정조는 '문체반정'을 일으킨 이유에 대해《弘齋全書》卷一六三에서 다음과 같이 피력하고 있다.

"今世爲文之士, 厭菽栗而嗜龍干毀冠冕而被侏儒. 自知學識不及古人, 則百反舍正略而求捷徑, 剽窃稗官小說之字句, 又執明清諸子踏襲奇僻."

같은 책에서 또 말하기를,

"稗官小品之書最害人心術, 士之有志于文章經術者, 雖賞之不觀. 況其礁殺尖薄孤臣孼子悲苦愁悒之聲, 何苦而爲此始聞有爲此体者, 犹付之不屑之科, 而不治之. 近見詩礼家子弟之出入近密, 潤色王犹者, 尚不免習俗之漸染, 則大覺其爲世道時運之所關, 不得不費可聲气, 一番隱括."

정조는 소설수입을 엄금한 이유에 대해서도《朝鮮王朝實彔》正祖卷三十六에서 다음과 같이 분명히 피력하고 있다.

"召見冬至正使朴宗岳, 大司成金方行, 上教宗岳曰: 昨日出一第題, 設問僞書之弊. 而近來士趣漸下, 文風日卑. 雖以功令文字觀之稗官小品之体, 人皆仿用, 經傳菽栗之味使歸毫浮淺奇刻, 全无古人之体, 礁殺輕薄, 不似治世之聲. 有關世道, 實非細憂. 以予矯救之苦心至意, 至有發策之擧.而苦徒說, 其弊而未則實效, 亦何益哉如欲拔本而塞源, 則莫如雜書之初不購來.前此行使固已屢飭, 而今行則益加嚴飭. 稗官小說姑无論, 雖經書史凡系唐板者, 切无持來, 還渡江時, 一一搜驗.雖軍官譯貝輩如有帶來者, 使卽屬公于校館, 俾无广布之弊……宗岳曰: 今承聖教……大哉王言, 不胜欽仰, 臣当嚴禁, 對策一矣……."

조선조에서 음사소설을 비롯한 중국소설의 유입과 열독에 대해 그래도 정조대에까지는 비교적 강경한 조치를 취했다. 그러나 정조가 죽고 난 후 좀 해이해지면서 이른바 '取舍選擇說'이 나왔고 일부 사대부 혹은 조정의 대신들 사이에서도 중국통속소설을 읽는 독자층이 나타났다. 崔容澈이 「한국에서의 中國禁毁小說」에서 거론한 이 상황[26]은 그 한 보기가 되겠다. 純祖八年(1808年)에는 史曹判書 南公轍이 啓文에서 공공연히 '取舍選擇說'을 주장했다.

"稗官小說一切嚴禁, 幷与經史姑令勿爲購來事.昔日之圣敎, 出于一時矯俗之意, 而正經正史久不出來, 聞或潛出, 又犯違令, 請自今正經正史及先輩醇儒文集等書許其出來. 雜書稗乘小說之害吾道蠱人心者, 一依先朝法令而禁之, 著式遵行, 從之."[27]

전반적으로 볼 때 조선조에서 일반 도학자나 문인들뿐만 아니라 임금 및 정부차원에서도 극력 중국 음사소설의 유입과 유통에 대해 막아보려 했지만 결국 말기로 오면 올수록 허사로 되고 말았다. 사실 조선조에서 〈金甁梅〉 같은 중국의 禁毁소설이 유입되자 알게 모르게 음사소설의 창작을 자극했고 열정을 불러일으켰다. 그러나 조선조의 문인들은 중국 명청의 문인들처럼 〈金甁梅〉 같은 극단적인 음사소설의 창작으로는 나아가지 못했다.

---

26) 이상황(1763-1841)은 1820년에 이조판서를 지냈고 1824년에는 좌의정에 올랐고 1829년에는 연행사로 나갔고 1838년에는 영의정에 올랐다.

27) 『增補文獻備考 · 卷二四二 · 文藝一條』

제4장 유형별로 본 에로스 문학

에로스 문학에 대해 그 시각에 따라 여러 방면에서 접근할 수 있을
줄로 안다. 여기서는 에로스 문학이 문학작품 속에서의 의미 및 역할
등에 근거하여 일단 유형별로 나누어 한국 고대문학에 있어서의 에로
스 문학에 대해 개괄적이고 체계적인 조명을 시도해 보도록 한다. 그
러면서 같은 문화권인 중국 고대문학에 있어서의 性文學을 참조계로
하여 비교문학적 시각에서 논의를 전개함으로써 그 특성을 분명히 밝
히도록 한다.

제1절 인간본연의 모습을 나타낸 에로스 문학

주지하다시피 한국 고대문학에 있어서 최초의 문학형태는 건국신화
전설이다. 이런 건국신화전설에서 성은 건국시조의 탄생을 둘러싸고
모습을 드러내고 있다. 그런데 건국시조의 탄생이 성스러운 탄생일진
대 그 성도 세속적인 직설성과는 다른 신성한 면이 있다. 한국 고대
건국신화전설에 있어서 그것은 卵形화소로 나타난다. 이른바 건국시조

가 알 속에서 태어난다는 것이다. 논리적 비약이 있는지는 모르겠지만 알은 좁게는 어머니 자궁의 상징이고 넓게는 대지 자궁의 상징에 다름 아니다.[28] 〈주몽전설〉에서 고구려시조가 태어난 알은 더 말할 것도 없고 〈단군신화〉에서 웅녀가 탄생한 동굴도 마찬가지다. 알은 형태상으로 여성의 자궁을 닮았는데 그것은 남성의 상징인 태양광선을 받아 부풀어 오르며 깨진다.[29] 마치 만월의 양수가 터지듯이. 보편적인 원형상징에서 태양 및 그 광선이 남성, 둥근 것이 여성의 상징임은 더 말할 것도 없고 동양 고대음양사상에서 天方地圓, 天父地母, 즉 모난 하늘에 둥근 땅이 부성적인 남성 대 모성적인 여성을 상징함은 주지의 사실이다. 이로부터 한국 고대 신화전설에서 알이 짓궂은 태양빛을 받아 건국의 시조를 탄생한다는 것은 天地결합의 거창한 우주 役事적 의미를 갖고 있다고 할 수 있다. 〈단군신화〉에서 동굴은 알의 보다 古形으로 볼 수 있다. 동굴은 어둡다. 어머니 자궁처럼 말이다. 그러나 그곳은 포근하다. 우리 인간의 최초의 삶의 터전도 동굴이었다. 우리는 동굴에서 번식하며 기거했다. 보편적 원형상징에서 동굴을 여성적인 것으로 본 것은 우리의 바로 이런 원초적인 기억에 기초한다. 〈단군신화〉에서의 동굴도 여기서 예외가 아니다. 〈단군신회〉에서 곰은 동굴에서 사람이 된다. 신성한 地母神이 된다.[30] 즉 어머니 자궁 같은

---

28) 학계에서 태양숭배설 그리고 그 닮은꼴로부터 난형을 태양의 상싱으로 보고 있기도 한데, 이것을 그 알이 짓궂은 태양광선을 받았다는 것과 연결시켜 볼 때 '태양광선' 같은 석연치 않은 군더더기가 있기에 재론의 여지가 있는 줄로 사료된다.

29) 그리스 신화에서 제우스의 황금비, 즉 태양빛을 받아 여신이 잉태한다는 신화적 모티프도 그간의 사정을 잘 말해 준다.

30) 『조선문학사 ― 고대중세부분 ― 』(허휘훈, 채미화 저, 연변대학출판사 1998. 3)에서 '단군의 어머니인 곰녀는 동물이라기보다 지상의 신성한 존재인 지모신(地母神)을 가리키는 것이라 할 수 있다.'고 했는데 필자는 이 관

50

동굴에서 辟邪, 즉 온몸의 더러운 동물성을 제거할 쑥을 먹고 인간의 성을 돋운다는 마늘을 복용함[31]으로써 사람으로 다시 태어난다. 중국 의 경우에 〈詩經·大雅〉에 나오는 周종족의 조상신 后稷을 노래한 〈生民〉을 보면 姜原女神이 '覆帝武敏', 즉 상제 발자국의 엄지발가락을 밟아 조상신 后稷을 잉태하게 된다. 보편적인 원형상징에서 보면 '엄 지발가락'은 분명 남성적인 심볼의 상징이다. 이로부터 그것을 밟아 잉태했다는 것은 바로 성적 교접의 우회적인 표현으로 되겠다. 그리고 〈生民〉은 계속해서 后稷은 원래 껍질을 쓰고 태어났는데 玄鳥 혹은 日鳥, 즉 태양신의 부화를 받아 껍질을 깨치고 나왔다는 것이다. 이에 대해 중국 학계에서 대개 '태양이 종자를 발아시킨다'는 유감주술, 그 리고 '知其母不知其父'의 모권시대의 반영으로 보고 있지만 실은 玄鳥 혹은 日鳥, 즉 태양으로 상징되는 남성과 양수의 껍질과도 같은 '껍질' 로 상징되는 여성의 성적 교접을 그 근저에 깔고 있다.

일반적으로 놓고 볼 때 고대 신화전설에 있어서 성은 기피해야 될 쑥스럽거나 더러운 것이 아니다. 그것은 자연스럽고 즐길 수 있는 것 이다. 그리고 고대 인류의 가장 건전한 동년의 한 모델을 이룬 그리 스 사람들처럼 말이다. 고대 그리스 신화전설은 성의 향연이다. '군혼', '난륜' 같은 성의 끝없는 추구, 流轉, 만끽이 있는가 하면 성의 순결을 고취하는 금욕주의도 있다. 정절을 헌신짝처럼 여기며 성 개방을 고 양한 방탕의 상징으로서의 풍요의 여신 아프로이테와 성의 폐쇄성을 나타낸 순결성의 상징으로서의 처녀신 알혀미스는 그 좋은 보기로 된 다. 고대에 있어서 성은 숭배의 대상으로 신성시되기도 했다. 여성 조

---

31) 지금도 중국과 한국을 비롯한 동양의 민간신앙에서 쑥을 辟邪의 靈草, 동양한의학에서 마늘을 성욕강장제로 여기고 있다.

각상에서의 여성적 특징의 돌출한 강조는 그 한 보기가 되겠다. 여기서 여성적 특징이 신적인 경지에 올랐다고 볼 수 있다. 그러나 한국과 중국의 고대 신화전설에 있어서 성은 거의 거세되었을 뿐만 아니라 자연스럽고 당당하고 노골적인 것으로 못 된다. 시조탄생에 있어서 성은 내비치되 신비화를 위해 우회적이고 아리송한 포장을 하고 있다. 위의 동굴, 卵形 화소 그리고 혁거세 신화에서의 궤로의 굴절, 우회가 그렇고 〈단군신화〉의 경우처럼 웅녀가 아이 낳기를 원하자 환인이 잠시 사람으로 화해 응한 것, 그리고 후백제 견훤 설화에서 지렁이 이미지 등 상징적 생략식 처리가 바로 그렇다. 〈단군신화〉보다 후세에 나온 〈해모수신화〉는 그래도 좀 구전한 형태를 보여 주면서 후세적 개작면모를 드러내고 있다. 해모수가 채찍을 휘둘러 아름다운 궁전을 짓고 향기로운 술로 류화 세 자매를 유혹하자 그녀들이 스스럼없이 술을 마신다. 그리고 해모수는 류화와 몸을 섞는다. 이것은 신화전설시대에 있어서 주색의 원시 자연적 모습을 그대로 보여 준다. 그런데 해모수가 류화와 몸을 섞은 것은 해모수가 류화를 범한 '강간'의 색채가 다분히 풍기고 후에 하백이 벌을 주어 류화를 우발수에 처넣었다고 하는 것은, 영웅탄생 '수난곡'의 선주곡이기도 하겠지만 후세 유교적 모럴에 의한 손질로 보아 무방하다. 이 면에 있어서 중국 쪽이 한국보다 더 한 것 같다. 이것은 이런 신화전설을 만들 때 양국 공히 인문정신이 벌써 싹터 신화전설의 역사화, 인문화가 많이 진행되었을 뿐만 아니라 이런 신화전설이 후세 성을 회피하는 유교적 윤리사상이 머리에 박힌 유학자들에 의해 기록되면서 성을 많이 회피했거나 거세된 것으로 볼 수 있다.[32] 그러므로 우리는 성적인 차원에서

---

32) 한국과 중국에 반해 일본의 건국신화전설은 성적인 면에서 상당히 개방되어 있음을 알 수 있다. 일본의 건국신화전설은 남매의 성적인 교접에

한국과 중국의 현존하는 문헌신화전설을 접근할 때는 상상력을 동원한 보완식 해독법이 필요하다고 생각된다.

신화전설시대와 긴밀히 연계되는 상고시대에 있어서 한국과 중국은 원시시대의 자연스러움과 순수함 그 자체로 성에 있어서 그만큼 자유롭고 개방적인 것 같다. 한국 고대사의 옛일들을 기록한 역사문헌 《三國志·魏志·東夷傳》을 보기로 하자. 우선 북방부족들에 대한 기록을 보면 〈扶余條〉에는 '常用十月節祭天, 晝夜飮酒歌舞'라 했고 〈貊條〉에는 '以殷正月祭天國中大會, 連日飮酒歌舞 行道晝夜, 無老幼皆歌, 通日聲不絶'라 했으며 〈高句麗條〉에는 '其俗淫'하다고 했다. 다음 남방부족들에 대한 기록을 보면, 〈馬韓條〉에 '群聚歌舞飮酒, 晝夜無休'하고 '長幼와 남녀의 구별이 없는' 생활을 했고 〈弁辰條〉에는 '俗喜歌舞飮酒'고 씌어 있다. '舞天', '迎鼓' 등으로 불리는 이런 "國中大會"는 대개 祭天儀式이라는 신성성을 띠면서도 남녀노소 할 것 없이 한데 어울려져 연일 음주가무하며 하나가 되는 화합의 장이기도 하다. 이로부터 성적 교접은 화합의 기본 상징기호가 되면서 성의 자유, 방종이 허용되었으리라고 본다. 상고시대에 있어서 '남녀유별'이 없는 이런 자유분방한 생활은 정도의 차이는 있을지 모르지만, 적어도 가부장권이 확립되고 유교적 예속이 일반화되기 이전인 조선조 이전 한국 고대사회에 있어서, 그것은 사회적 유습으로 오랫동안 사회저변에 뿌리박고 존속해 왔던 것이다. 그것은 사회적 습속의 변화란 그리 용이한 일이 아니기 때문이다. 신라의 경우만 보더라도 '新羅俗, 每當仲春初八至十五日, 京都人士女子竟繞興輪寺之殿塔, 爲福會.'(〈金現感虎〉)에서처럼 남녀가 탑을 돌며 자유롭게 만날 수 있는 기회가 있다. 신라는 여성을 중시하고 특히 여성의 외형미, 관능미를 찬미하는 풍토였던 것 같다. 신라 시기 두 여성 임금이 나

의해 전반 일본열도가 형성된 것으로 풀이하고 있다.

오고 화랑의 첫 두령 원화와 준정도 모두 여자였다. 그리고 《三國遺事》권1〈지철로왕〉편에 보면 신라 제22대 지증왕은 남근이 너무 커 짝을 짓기 힘들었는데, 마침 모량부에 그에 상응한 여자가 있어 장가를 갈 수 있었다고 얘기하고 있는데, 여기서 성은 금기시되어야 할 것이 아니고 솔직한 담론의 대상이 되고 있다.[33] 그리고 성덕여왕의 여근곡 일화도 같은 맥락에서 이해할 수 있다. 《三國遺事》권2《奇異》편 '水路夫人'조에 보면 강릉태수로 부임해 간 순정공의 부인으로 수로는 '姿容絶代 每經過深山大澤 屢被神物掠攬' 한데 용궁에 납치되었다 풀려 나온 그녀에 대해 '온몸에서 향내를 풍기고 더욱 예뻐진 것'은 물론 그녀 자신도 한 점의 부끄러움도 없이 '용궁은 황홀하고 음식이 많고 부드럽고 향기롭고 깨끗하다'고 자랑을 늘여놓고 있다. 여기에 대해 순정공이 핀잔을 하는 일언반구의 말도 없는 것, 그리고 신라향가 〈獻花歌〉에서 소 잡고 가던 백발노인이 수로부인의 요구에 만족을 주기 위해 벼랑에 올라가 꽃을 꺾어 준 일을 아울러 생각할 때, 무슨 도덕관념보다는 수로부인의 관능미 및 그것에 대한 감상이 돋보이는 방향으로 흘렀음을 알 수 있다. 신라향가 〈處容歌〉는 분명 한국 최초의 간통문학으로써 돋보인다. 처용이 '가랑이가 넷이러라'를 발견하는 순간, 치용처의 무반응 및 역신의 최종 술회 등을 감안할 때 그것이 간통을 나타내고 있음은 너 밀할 깃도 없다. 그런데 문제는 사랑의 질투에 치를 떨며 역신과 대판 싸움을 벌일 처용이 '빼앗겼거늘 어찌하리'식으로 반응하면서 그 자리에서 춤을 추며 물러난다 했다. 이것은 셰익스피어의 오셀로가 질투 때문에 데스테모나를 죽인 것과 선명한 대조를 이룬다. 〈處容歌〉는 역

---

33) 손진태의 〈조선의 민화〉에 보면 이와 관련된 설화로서 김수로 왕의 남근에 못지않게 큰 김수로 왕의 비 허 황후의 여근에 깃듯 에피소드에 대해 이야기하고 있다.

신에 대한 처용의 태도 및 역신의 감복 등을 통해 신라인들의 비교적 자유로운 성 관념을 표출하고 있는 것으로 성적 관용, 포용력을 보여주고 있다.

신라 시기는 애정관계의 성립이나 애정표현이 후대보다 개방적이었음을 《三國遺事》에 실린 설화에서도 입증된다. 김춘추의 사랑이야기는 그 한 보기가 되겠다. 〈高麗圖經〉을 보면 고려시대까지만 해도 여성들은 남녀의 구별 없이 냇물에서 남자들과 뒤섞여 멱도 감았다는 것이다. 조선조 500년 엄엄히 유교가 국시임에도 불구하고 사회민간 층에서 짓궂게 무속적인 洞祭의 '난장판'을 벌여온 것도 그간의 사정을 잘 말해 준다. 중국의 경우를 보면 〈周禮·媒氏〉에 '中春之月令會 男女, 於是時也, 奔者不禁.'이라는 기록이 있는데 이것은 원시시대의 유습을 반영하면서도 西周 초기로부터 春秋 중엽에 이르기까지 봄 같은 일정한 절기에 있어서 성적인 교접 및 혼인이 비교적 자유롭게 이루어졌음을 알 수 있다. 한국과 중국을 막론하고 이런 와중에 많은 性文學이 산생되었으리라고 사료되는데 현재 한국의 경우는 〈龜旨歌〉한 수만 남아 있는 형편이고 중국은 《詩經·國風》에 얼마간 볼 수 있다. 한국의 〈구지가〉에 대해 학계에서 구구한 해석[34]이 있지만 필자는 일단은 〈龜旨歌〉를 원시종족들이 음주가무하며 불렀던 원시가요의 하나로 본 『조선문학사 ―고대중세부분― 』(허휘훈, 채미화 저)의 관점을 받아들이고 "거북의 목은 남자의 성기를 은유한 것이라 보고자 한다. ……'신령스러운 생명의 근원을 나타내라'는 이 노래의 제작계기는 원시사회에 있어서 여성이 남성을 유혹하는 수단이었고……이

---

34) 이해산의 「'구지가'에 대한 고찰」(『조선언어문학론문집』, 연변대학 조선 언어문학학부, 조선언어문학연구소 편, 연변대학출판사 1988)에 보면 14 가지나 된다.

노래에 채택된 어휘의 이미지를 통하여 은유화된 원시인들의 성욕의 감정적인 본질의 직관으로 이해"[35]한 정병욱 교수의 해석에 동감을 표하는 바이다. 한국 고대 원시종족들의 기본신앙이 무속적인 주술신앙이라 할 때 이런 해석은 일리가 있다.

중국 《詩經·國風》의 '鄭風'에 있는 〈擇希〉, 〈野有蔓草〉, 〈溱洧〉 등 시편에는 당시 남녀들의 집단적 모임 및 자유로운 배우자선택, 성적인 교접의 열렬한 장면들이 있어 이채롭다. 현재 남아 있는 자료를 놓고 볼 때 고대 때부터 중국 사람은 성을 자연스러운 것으로 받아들였다. 戰國시대에 활약하면서 중국 봉건사회의 한 사상적 근간을 마련한 孟子가 〈孟子〉에서 告子의 말을 인용하면서 '食色, 性也'라 하고 다시 '飮食男女, 人之大欲有焉.'이라고 한 것은 남녀지간의 성욕을 밥 먹듯이 자연스러운 것으로 여겼음을 알 수 있다. 이로부터 孟子는 임금이 나라를 잘 다스리려면 '內無怨女, 外無曠夫',[36] 즉 남녀의 성욕을 정상적으로 만족되도록 해야 한다고 주장하고 있다. 이것은 훗날 유교에서 '性爲家之本, 家爲國之本'라고 주장한 학설과 일맥상통하다.

2. 사회적 비판매스로서의 에로스 문학

위에서 보다시피 한국 고대사에 있어서 적어도 조선조이전까지만 해도 성은 자유로운 것이었다. 그러다가 유교가 본격적으로 국시가 되면서 성은 억압적인 것이 되었다. 성 억압적인 사회에 있어서 성은 사회적 비판의 예리한 매스로 된다.

한국 고대문학에 있어 성적인 면에서 가장 개방적인 자세를 보였던

---

35) 『한국 고전시가본』, 1982년.

36) 孟子:〈孟子·梁惠王下〉

작가는 그래도 허균이다. 李植의 〈澤堂集〉에 보면 허균은 일부 천주교에 관계되는 서적을 보고는 '男女情欲則天也, 倫紀之分則聖人也. 天且高聖人一等, 我從天, 不敢從聖人.'라고 설파하고 있다. 허균의 이런 '情欲天也說'은 유럽의 문예부흥시기 금욕주의를 반대하고 개성해방을 주장한 인문주의사상과 일치하는 바가 있다. 허균의 이런 개방적인 사상은 西人의 信西派들에게 계승되고 훗날 실학사상을 탄생시키는 밑거름이 되었던 것이다. 중국에 있어서 明나라 말기 대사상가 卓吾 李贄가 利馬竇의 직접적 영향을 받아 남녀의 共學 내지는 인간의 자연성에 대한 존중 및 '童心說'을 내놓았는데 이 학설이 허균에게 커다란 공명을 불러일으키고 영향을 준 것으로 보고되고 있다. 이를테면 이가원 교수는 『燕岩小說硏究』[37]에서 허균을 '韓國의 李卓吾'로 볼 수 있다고 지적하고 있다. 허균과 李贄가 남녀 情慾의 본능적인 면을 강조한 면에서는 분명 그 궤를 같이하고 있다. 허균은 철학사상에 있어서 '主氣論'을 주장하고 성리학을 반대했으며 '氣質之性'에 따라 '無行檢'한 情에 맡겼던 것이다. 김동욱의 「許筠과 女性」[38]에 보면 허균은 여인들과의 情事관계도 서슴지 않고 문집에 기술하고 있다. 그리고 역시 김동욱의 「허균의 문학과 혁신사상」(새문사)에 보면, 허균은 巫蟾 巫扶安妓 桂娘을 사랑하여 그녀가 죽자 挽辭를 지어 슬퍼하기도 하고 京妓 洛濱 등과 날이 새도록 歡飮도 하며 舊妓 光山月와의 邂逅, 茱妓와 同寢하기도 했고 '居喪狎妓', 즉 母夫人의 喪中에 기생과 놀아나기도 했다. 이런 것들은 바로 허균이 여성들에게 둘러싸여 '放誕'한 자유자재의 생활을 했음을 알 수 있다. 허균의 〈홍길동전〉과 한문단편소설들에 이런 모습들이 내비치고 있다.

------

37) 乙酉文化社, 1965년.

38) 淑大, 『亞細亞女性硏究』, 6집, 1968년.

임제, 조선의 호남아, 멋쟁이 송도 기녀 황진이와 자별난 인연이 있은 듯하다. '靑草우거진 골에 ㅈ는다 누엇ㄴ다./紅顔을 어듸두고 白骨만 뭇쳣ㄴ다./盞잡아 勸ㅎ리 업스니 글을슬허 ㅎ노라.' 류몽인의 〈於于野談〉에 보면 임제가 平安評事로 부임되어 가는 도중에 황진이의 무덤 앞을 지나다가 옛정을 못 잊어 '爲文祭眞伊'했는데 卒被朝評'했다고 한다.[39] 이 시조는 인생무상을 잘 읊조리고 있다. 육욕적인 사랑은 안 보인다. 그러나 '紅顔'으로 대변되는 관능미에 대한 향수 및 허전함은 내비치고 있다. 임제와 한우가 수작한 시조를 좀 보도록 하자. '北天이 묽다커를 우장업시 길을나니/산의ㄴ 눈이오고 들에ㄴ 챤비온다./오늘은 찬비 마ㅈ시니 얼어줄가 ㅎ노라.' 임제는 '寒雨'라는 기생 이름에 빗대어 시치미를 뚝 뗀 반어적인 육욕을 내비친 사랑의 프러포즈를 한다. 이에 한우는 '어이 얼어잘이 므스일 얼어잘이./鴛鴦枕 翡翠衾을 어듸두고 얼어자리./오늘은 춘비 맛자신이 녹아잘까 ㅎ노라.'라는 시조로 '鴛鴦枕 翡翠衾' 들먹이며 '춘비', 즉 자기를 만났으니 '녹아잘' 수 있다고 발랄한 반응을 보인다. 〈海東歌謠〉(一石本)에 보면 임제는 '詩文琴歌俱奇 常以豪士 見名妓寒雨作此歌 與同枕'했다고 했다. 보다시피 여기서는 유교의 도녁률에 충격을 기하는 자유로운 육욕적인 성의 자유를 노래하고 있다.

중국 고대문학사에서 허균, 임제처럼 솔직히 성을 긍정하고 즐길 줄 안 사람은 아마도 明代의 憑夢龍을 꼽아야 될 줄로 안다. 憑夢龍도 선각자 李贄의 사상영향을 많이 받았다. 憑夢龍은 통속문화, 세속문화, 시민문화 창출에 큰 공헌을 했다. 그가 수집, 편찬한《桂枝兒》,《山歌》두 민요집에서는 거의 다 남녀지간의 성애를 다루고 있다. 남녀지간의 邪戀에 얽힌 육욕을 노래하고 있다. 그 감정세계는 솔직

---

39) 〈海東歌謠〉에는 '見松都名妓黃眞伊塚上 作歌弔之'라 하고 있다.

하고 대담하며 진실한 것으로 사대부들의 시에서 숨기거나 군자연한 태도와는 전혀 다르다. 《桂枝兒》과 《山歌》에 실린 민요들의 기본정신은 어디까지나 예교를 멸시하고 성향락을 고취하고 있다. 예컨대 《桂枝兒》의 〈打夜頭〉, 〈打梅香〉, 〈叫梅香〉, 〈痒〉 등에서 성 억압과 고민을 나타냈다면 《山歌》의 많은 민요들에서는 조롱과 농담투로 인간의 본성과 성욕에 대해 설명을 가하고 있는데 인간의 육욕은 진정한 성정의 발로라고 직설적으로 얘기하고 있다. 당시 일반 사대부들과 도학가들이 이런 민요들을 비방하자 憑夢龍은 〈叙山歌〉에서 '〈山歌〉雖俚甚唉. 獨非〈鄭〉, 〈衛〉之遺歟? 且今雖季世, 而但有假詩文, 無假〈山歌〉. 則以〈山歌〉不歟詩文爭名, 故不屑假, 苟其不屑假, 而吾籍以存眞, 不亦可乎?……若夫借男女之眞情, 發名敎之僞藥, 其功於〈桂枝兒〉等.'라고 변호하고 있다. 보다시피 도학자들의 작품에 대해 진정을 싣지 않은 거짓 된 글이라고 타매하면서 진정을 실은 민요집들을 높게 사고 있다. 여기서 진정은 남녀 간의 육욕이 묻어나는 진정임은 더 말할 것도 없다. 憑夢龍은 바로 이런 진정의 즐거움으로 名敎의 허위를 까밝히는 무기로 삼았다. 그는 서방 문예부흥시기 인문주의의 선구자 보카치오(1313~1375)의 〈데카메론〉에 비견할 만한 육욕적인 사랑을 많이 보여 준 통속소설집 《三言》을 펴내기도 했다.

한국 고대문학사를 보면 조선조에 閨怨, 宮怨을 읊은 시가 상당수 있다. 그럼 아래에 대표성적인 3수를 보도록 하자. '가을 다한 다란엔 병풍도 비었어라/서리 찬 갈밭엔 기러기 깃드는데/한 곡조 들못가엔 연꽃만이 져 가누나'. (허난설헌), '님 계신 이 밤은 길고 길진저/그 대신 님 가신 내일 밤은 짧고 짧을진저/그러나 어느덧 무심한 닭은 새벽을 알리니/두 뺨에는 즈은 줄기의 눈물만 흐르니 가련하다'(이옥봉의 〈別恨〉), '남은 다 자는 밤에 내 어이 홀로 깨여/玉帳 깊은 곳에 잠든 님을 생각는고/천 리에 외로운 꿈만 오락가락하더라'(무명씨). 여기서 허난설헌은 자기의 신세를 쓸쓸히 져가는 연꽃에 비겨 한탄하고 있다. 이옥봉은 직설적인 '밤'의 길고 짧음에 대한 호소 속에 애틋한 이별의 정한을 뽑아내고 있다. 무명씨는 깊은 밤 잠 못 들며 떠나간 임을 그리워하는 애틋함을 읊고 있다. 이런 閨怨詩들은 대개 속절없이 지는 청춘을 한탄하거나 짧았던 사랑, 떠나간 임을 그리는 애틋함 등 독수공방의 성적 고민을 기저에 깔고 있다. 이런 閨怨詩가 당시 성 및 사랑에 있어서 억압적인 사회환경에 대한 폭로비판이라면 宮怨도 여기서 예외가 아니다. 한국 고대문학에서 宮怨을 나타낸 대표적 작품으로는 소설 〈영영전〉과 〈운영전〉을 들 수 있다. 〈운영전〉에서 궁녀 운영이 속절없이 늙어만 가는 궁중생활에 반발을 하며 김 진사와 목숨을 건 사랑을 추구한 것은 宮怨이 어느 정도에 달했는가를 역설적으로 말해 준다. 운영이 잡혀 안평대군 앞에서 내뱉은 宮怨은 그 직설적인 주석으로 된다. 그리고 이에 대한 여러 궁녀들의 동조도 이것을 잘 말해 준다. 이런 宮怨은 한 남성 대 여러 여성들로부터 환기되는 성적 고민에 다름 아니다. 閨怨도 좋고 宮怨도 좋고 이것이 전근대 사회에 있어서 여성들에게 씌워진 한 불행임은 더 말할 것도 없다. 중국의 경우도 마찬가지다. 중국 고대문학에 있어서 閨怨, 宮怨을 나타낸 작품도 심심찮게 눈에 뜨인다. 그런데 좀 특이한 것은 이런 閨怨, 宮怨을 그 당사자들이 읊기도 했겠지만 보다 많이는 많은 문인들이 代言詩 형식으로 읊은 데 있다. 漢조의 대표적 문인들의 五言詩 시집인 《古詩十九首》의 '青青河畔草' 같은 데서 독수공방하는 여인의 성적 고민을 나타내고 있다. 唐조의 경우만 보더라도 당시 유명한 시인들인 李白, 李商隱, 杜牧, 王昌齡, 劉方平, 陳陶, 韓屋 등이 閨情, 閨思, 閨怨을 나타낸 시를 지었는데 이 가운데 韓屋는 전형적인 보기가 되겠다. 晩唐시기 韓屋(844~약

922)의 〈香奩集〉 3권을 보면 전문 남녀지간의 사모, 그리움 내지는 성의식을 나타내고 있어 후세 사람들로부터 '香奩集' 혹은 '艶體'라고 불리고 있다. 韓屋은 대담하게 여인의 육체미에 대해 그리고 있어 신선함을 주고 있다. 이를테면, 〈詠手〉에서는 부동한 각도에서 전문 여인의 희고 섬세한 손에 대해 묘사하고 있고, 〈席上有贈〉의 '鬢垂香頸雲庶藕' 구를 보면 여자의 쏟아져 내리는 머릿발과 희고 섬세한 목 부위, '粉著蘭胸雪壓梅' 구에서는 부드럽고 육감적인 여자의 젖가슴에 대해 묘사하고 있다. 그리고 〈詠浴〉에서는 직접 목욕하는 여자[40]의 육체와 그 정경에 대해 묘사하고 있다. 이 시는 여자가 머리를 가다듬고 옷을 벗는 정경에서 시작하여 초불이 비치는 속에 자기의 육체를 보는 순간 자기도 모르게 부끄러움을 타는 성 심리를 잘 보여 주고 있다. 그리고 또 〈偶見背面是夕兼夢〉, 〈懶起〉, 〈意緒〉, 〈晝寢〉 등 많은 시에서는 어쩔 수 없이 살아나는 성적 욕망과 들끓음을 되뇌고 있다. 〈偶見背面是夕兼夢〉를 좀 보도록 하자.

酥凝背胛玉搓肩, 輕薄紅綃覆白蓮.
此夜分明來入夢, 當時凋帳不成眠.
眼波向我無端艶, 心火因君特地燃.
莫道人生難際會, 秦樓鸞鳳有神仙

　이 시의 첫 두 구절에서는 '酥凝' 같은 등골, '玉搓' 같이 투명해 보이고 미묘한 두 어깨, 그리고 '輕薄紅綃'가 감싼 한 쌍의 희고 보드랍고 깜찍한 발에 이르기까지 여인의 육체적 아름다움에 대해 치중하여 묘사하고 있다. 시에서 이 여인의 아름다운 육체를 본 남자는 정신이 황홀해나며 자기 스스로를 주제할 수 없었다. 그래서 그날 저녁 꿈에 여자의 모

---

40) 일설에 의하면 이 시에 목욕하는 여자는 楊貴妃라고도 한다.

습이 나타나고 욕정이 불타올라 이리 뒤척 저리 뒤척 하며 도저히 잠들 수 없었다. 이렇게 대담하고도 구체적으로 아름다운 여인의 육체를 떠올리며 욕정에 모대기는 정경을 나타내기는 중국 고대문학사에서 韓屋이 처음이다. 이것은 실로 육체파적 육탄으로 당시 사회의 '男女七歲不同席'의 아성을 깨뜨리고 있다. 〈香奩集〉에서 성적 억압과 고민에 대한 토로는 〈春閨兩首〉(2수), 〈閨情〉, 〈五更〉, 〈壓花落〉, 〈凋長〉, 〈鬢松〉 등 일련의 閨怨詩에서 집중적으로 나타난다. 韓屋의 閨怨詩에서는 '長吁解羅帶' 구처럼 전 시기의 閨怨詩에 비해 성에 관한 보다 구체적인 표현들이 대량 등장하고 있다. 〈五更〉에는 사련의 성애를 직접 그려 보이고 있다.

往年曾約郁金床, 半夜潛身入洞房.
懷里不知金鈿落, 暗中唯覺綉鞋香.
此時欲別魂俱斷, 自后相逢眼更狂.
光景旋消凋帳在, 一生贏得是凄凉.

첫 시작에 '郁金床', '洞房'과 '半夜潛身'은 분명 사련에 빠진 남녀의 육욕이 묻어나는 밀회정경을 말해 주고 3, 4구에서는 직접 무아경에 빠지는 성적 클라이맥스를 보여 주고 있다. 宮怨詩를 보면 唐조에 있어서 白居易, 李伯, 韋應物, 王建, 王維, 王昌齡, 張九齡, 蔣維翰 등이 많이 써서 宮怨을 사회문제화하며 예리한 비판적 예각을 들이대고 있다. 白居易, 韋應物은 그 전형적인 보기가 되겠다. 白居易의 〈上陽白發人〉을 보면 '上陽人, 上陽人, 紅顔暗老白發新. 綠衣監使守宮門, 一閉上陽多少春. 玄宗末歲初選人, 入時十六今六十. 同時采擇百余人, 零落年深殘此身.'이라 上陽宮에 유폐된 채 성적으로 억압되고 속절없이 늙어만 가며 심신이 피폐해지는 궁녀들의 비극을 읊고 있다. 韋應物도 〈送宮人入道〉에서 '說着瑤臺總泪垂'라 하며 궁녀들의 눈물어린 삶에 대해 동정을 나타내고 있다.

한국이나 중국이나를 막론하고 봉건 말기에 가면 갈수록 에로스 문학은 사랑 내지 성적 자유로움을 더 해 가면서 중세기적 억압에 정면으로 맞섰다. 한국 고대문학의 경우를 보면, 조선조 후기에 들어서면서 보수적인 농촌이 아닌 도시 시정인의 사회에서는 애정표현을 적극적으로, 구체적으로 하는 가사를 남자들도 함께 즐기는 풍속이 이루어졌다. 가사는 애정의 경험을 서술하고 애정의 심리를 묘사하면서 구태여 사건을 설정하거나 형식적 제약을 따를 필요가 없기에 누구나 쉽게 지을 수 있었다. 그래서 가사가 시정인문학 또는 초기시민문학으로서 적극적인 구실을 하게 되었다. 이로부터 정상적으로 결합될 수 없는 남녀가 사회적 규범을 어기고 사랑을 이룩하고자 해서 괴로워하는 전에 없던 노래가 갑자기 여러 가지 형태로 나타났다. 여승에게 사랑을 하소연해서 마음의 동요를 일으킨 가사가 있는가 하면, 기혼여성 때문에 상사병이 들었다고 하는 작품은 더 많아 유행을 이루다시피 했다. 〈규수상사곡〉은 이름과는 다르게 장가들지 않은 총각이 기혼 여성을 짝사랑해서 애태우는 사연이고, 〈단장사〉(斷腸詞)라는 데서는 기혼남성이 기혼여성이라고 생각되는 임을 그리다가 죽을 지경에 이르렀다고 했다. 〈규수상사곡〉의 한 대목을 들어 보자.

당초에 약흔 몸이 가슴 막혀 어려워라
셔찰흔 뎌 녀즈야 무심흐기 끗이업다
상스로 죽게 되니 그 아니 네 타신가
누어신들 좀이 오며 안즘쓴덜 님이 오랴
답답이 자심흐야 좀 못드러 원슈로다
애미흔 이내 몸이 널로 흐야 병이 되니
혈맥이 쥬러지고 슈족이 셔늘흐다
올을 숨만 남아 잇고 내릴 숨은 전혀 업다

'셔찰흔 뎌 녀즈야'하고 불렀으나 거절하는 답장을 받았다는 말이다. 그런데 상대가 유부녀인 만큼 거절이 당연한데도 조금도 개의하지 않고 자기 사정만 늘어놓으며 원망을 하고 있다. 남자가 현실도덕률에 위배되는 사런에 빠지는 내용으로서 절절한 표현이 마음에 와 닿는다. 그런가 하면 〈상사회답가〉는 사랑을 하소연하는 사람에게 유부녀가 긍정적인 해답을 한 사연이다. 두 남녀는 한 마을에서 같이 살았었는데 사랑을 나눌 기회를 갖지 못한 채 헤어졌다고 한다. 남자는 여자를 잊지 못해 편지를 보냈고 여자는 현실도덕률과 사랑 사이에서 고민하다가 마침내 지난날의 잘못을 후회하고 만날 약속을 하기에 이르렀다는 것이다. 그 대목을 들어보면 참으로 대담한 결단임을 실감할 수 있다.

그런 모음 가져스면 엇지 흐여 잠즈흔고
다른 곳 가기 젼에 무심이 잇지 말고
우리 서로 어려슬 졔 흔가지로 놀아스니
날과 언약 흔 길 업시 혼자 마음 무슴 일고
삽삽흔 이내 마음 생각흐니 후회로다……
상스로 깁히 든 병 다 풀지고 기다리소
금월 모일 명월야에 아모죠록 뵈올이다

이런 노래에서 말하는 사랑은 정신적인 것만이 아니었다. 서로 그리워하는 정을 마음으로만 주고받는 정신주의적 사랑은 아니다. 〈양신화답가〉(良辰和答歌)라는 데서는 두 남녀가 사랑을 나누며 장래를 약속하는 모습을 원앙이 쌍으로 놀고 봉황이 서로 앉아 천도를 희롱하듯 한다고 비유를 하는 데 그치지 않고, 새벽닭이 울자 여자가 깜짝 놀라 이부자리를 차고 일어나는 광경까지 그려놓고 있다. 〈이별가〉라고 하는 가사는 제목을 보아 거저 이별을 읊은 일반작품 같지만 처

녀가 남자에게 능욕당한 경험을 멋진 말을 동원해 농도 짙게 나타내
고서, 그다음 대목에서는 충격이나 상처를 말하는 대신에 사랑가로
넘어갔다. 문제의 대목은 다음과 같다.

> 나를 조차 오는 거동 위풍이 늠늠하며
> 구름 좇는 청룡 같고 바람 좇는 백호로다
> 은신할 곳 바이 없네 방황하는 거동 보소
> 대천바다 한가운데 풍파 만난 사공가치
> 나무들도 없는 곳에 매의 쫓긴 꿩이로다
> 잔약한 아녀자로 제 어대로 피신할가
> 세류가치 가는 허리 우리처 덤석 안고
> 雲雨之情 이루울제 원앙비취 쌍유로다

이런 유의 가사는 성의 戲畵적 내용으로 겉으로는 점잔을 빼나 첩
을 여럿 두고도 기녀들과 자주 관계하며 온갖 음란한 짓을 다 하는
양반의 위선을 풍자하고 있다. 이런 내용은 평민가인들의 사설시조에
서도 얼마든지 찾을 수 있다. 조선조 말기 사설시조 〈맹꽁이타령〉의
두 번째 대목을 보면,

> 慕華館 芳松里 李周明네 집 마당가의
> 밋테 맹공이 아구 무겁다 맹공 허니
> 윗 맹공이니 뭣시 무거유냐 장간 차마라
> 작갑시럽다 군말 된다 허구 맹공
> 그中의 어느 놈이 상시럽구 맹낭시러운 수맹공이냐

중국 사신을 영접하던 자리에서의 맹꽁이의 성행위를 마치 사람이
하는 것처럼 묘사해 놓고서 어느 것이 숫맹꽁이냐고 묻고 있다. 이로

부터 慕華館이나 별별 짓을 다하면서 위엄을 뽐내는 어마어마한 자들을 놀리고 戲畵하고 있다.

조선조에 있어 과부개가금지가 최대의 사회폐단의 하나였다. 그래서 조선조 말기 이에 대한 비판이 일어났다. 이른바 제어장치가 제거된 가사로 불리는 자탄가를 보면 청춘과부의 참기 어려운 독수공방의 서러움을 많이 읊고 있다. 〈과부청산가〉에서는 독수공방의 신세를 한탄하며 세상 뜬 임을 그리고 있다. 다음의 무명씨 시조도 같은 맥락에서 이해할 수 있다. '둙아 우지 말아 닐 우노라 즈랑 말아/半夜 秦關에 孟嘗君 안니로다/오놀은 님 오신 놀이니 안니 운들 엇더리.' 여기서 '둙아 우지 말아 닐 우노라 즈랑 말아'하는 것은 날이 밝기를 두려워하고 밤이 계속되기를 바라고 있다. '오놀은 님 오신 놀이니 안니 운들 엇더리.'는 임이 오지 않는 독수공방의 밤에는 항상 운다는 뜻을 내비치고 있다.

조선조 후기 실학파의 대가로서 박지원도 성에 있어서 상당히 개방적인 자세를 보이며 과부개가금지문제를 다루고 있다. 박지원은 소설 〈廣文者傳〉에서 주인공 광문의 입을 빌어 "文年四十餘, 尙編髮, 人權之妻, 則曰:'夫美色, 衆所嗜也. 然, 非男子所獨也, 唯女亦然也. 故吾陋而不能自爲容也.'"로 남녀 정욕의 共通性, 즉 이성에 대한 인간의 본능적 요구에 대해 설파하고 있다. 그리고 소설에서 광문은 거지지만 명기들과도 즐기려 한다. 박지원은 〈虎叱〉, 〈烈女咸陽朴氏傳〉 등 작품에서 성을 금기시하는 금욕보다는 정욕을 인정, 긍정하는 개방적 자세를 보여 주고 있다. 〈虎叱〉에서 근엄한 북곽 선생이 '정렬'과부 동리자와 육욕에 놀아나다가 결국 虎叱을 당하고 만다. 여기서 박지원은 인간의 육욕을 부정한 것이 아니라, 어디까지나 훼절형 양반과 과부의 형상을 통하여 도학군자연한 양반과 '정렬'인 듯한 그들의 위선을 꼬집고 있다. 〈虎叱〉이 반면으로 인간의 정욕을 긍정했다면, 〈烈女咸陽朴氏傳〉에서는 정면으로 인간의 정욕을 긍정하고 있다. 〈烈女咸陽朴氏傳〉을 보면 늙은 과부의 입을 통해 寡婦改嫁禁止 및 貞烈의 비인간성을 까밝히고 있다. 權宦家의 늙은 과부가 독수공방의 젊은 혈기를 달래기 위해 동전의 모서리가 다 닳아 떨어지고 새겨진 글자조차 알아볼 수 없게 되도록 인내의 모질음을 쓴 것은 정말 보기에 안쓰럽다. 이로부터 뜨르르한 權宦家의 허상 속에 싸인 비극을 드러냄으로써 이 傳이 겉으로는 烈女의 가치를 높게 사기 위해 지은 듯하나 실은 부정하는 쪽으로 기울어지고 있음을 알 수 있다. 특히 이 傳에서 늙은 과부가 두 아들한테 과부의 성적 고민을 솔직히 술회하는 것은, 전통적인 부모자식 간의 딱딱하고 근엄한 관계에서는 상상조차도 못할 노릇이다. 보다시피 〈烈女咸陽朴氏傳〉은 한 편의 아름다운 성적 인도주의의 노래이다. 실로 당시 성적으로 폐쇄된 조선조사회에서 신선한 공기가 아닐 수 없다.

　중국 고대문학의 경우를 보면, 明 중엽 이후 시민문화가 꽃펴 나면서 시, 詞, 散曲, 소설, 희곡 내지는 산문, 필기체 등 장르에 관계없이 정도부동하게 모두 성이 취급되며 개성과 인간욕정에 대한 대담한 토로와 가송을 하게 되면서 에로스 문학은 공전의 성황을 이루었다. 이런 에로스 문학은 기본적으로 인간성을 존중하고 인간의 욕정을 긍정하는 차원에서 전통적인 봉건도덕과 금욕주의를 반격했다. 시민계층에게 인기가 좋은 소설이 그 전형적인 보기가 되겠다. 이를테면 약 16세기 중엽에 성에 대한 묘사로 세속을 놀랜 〈如意君傳〉, 〈金瓶梅〉가 출현했다. 이어서 〈金瓶梅〉보다 더 심한 〈玉嬌梨〉가 나왔다. 이와 거의 동시에 馮夢龍의 《三言》과 《三言》을 모방한 凌蒙初의 《二拍》이 나왔다. 여기서 凌蒙初의 단편소설집 《二拍》은 성욕과 인간 성 사이의 갈등 속에서 모대기는 과부상을 보여 주고 있다. 〈初刻拍案驚奇〉 권17에 실려 있는 〈西山觀設篆度亡魂, 開封府備棺追活命〉은 정욕과 윤리도덕의 갈등 사이에 모대기는 청춘과부의 이야기를 적고 있다. 20 여 세의 청춘과부가 중의 유혹에 빠져 정욕에 놀아나기도 하고 아들 의 방해로 고민하기도 하며 그러다가 발견되어 관청에서 후회의 눈물 을 흘리기도 하는데 결국 인간성에 대해 긍정하고 있다. 이것은 중국 정통적인 문학관념뿐만 아니라 二程, 朱熹로부터 王守仁에 이르는 허 위적인 금욕주의를 고취하는 宋明理學에 대한 한 차례 치명적인 타격 으로 된다. 淸조에 들어서 康熙, 雍正, 乾隆황제가 선후로 文字獄을 대거 일으키며 〈金甁梅〉를 비롯한 에로스 문학에 대해 강경한 단속 조치를 취했음에도 불구하고 〈百家香艶詩〉, 〈天眞閣艶體詩〉, 〈美人天 態詩詞〉, 〈滄桑艶〉 등 전문 남녀의 염정 혹은 여자의 육체미를 읊은 詩詞절록본들이 앞 다투어 나왔고, 蒲松齡의 〈聊齋志異〉, 曹雪芹의 〈紅樓夢〉 등 성을 취급한 명작들이 연이어 나왔으며, 유명한 희곡가 李漁는 이론과 창작 모두 걸쳐 공공연히 남녀의 성애 및 행위적 표현 을 주장하고 실천했다. 李贄의 '童心說'의 영향하에서 三袁을 대표로 하는 公安派에서 '性靈說'을 제출하고 시문이란 '任性而發', '獨抒性靈, 不拘格套'하는 것이라고 주장했다. 여기서 말하는 '性靈'에는 두말할 것도 없이 인간의 성욕을 내포하고 있다. 그리고 〈金甁梅〉 등 소설에 대한 높은 평가에서 문학에서의 성에 대한 袁宏道의 개방적인 태도를 보아 낼 수 있다. 三袁과 거의 동시대 사람인 屠隆도 많은 글에서 금 욕에 대한 염오와 성적 방종을 고취하고 있다. 전문 남녀지간의 염문 및 성욕을 다루어 후세 사람들에게 '香奩體'의 집대성자로 불리는 王 彦泓 및 '艶情詩'는 바로 이런 배경하에서 나타났다. 淸조에는 민요가 그 어느 조대보다 많이 나타났는데,[41] 이 가운데 주요 민요집들인

《霓裳續譜》,《白雪遺音》, 時尙南北雅調》,《萬花小曲》 등의 내용을 보면 대부분이 明朝의 민요와 마찬가지로 남녀의 성애를 다룬 것으로 남녀 간 유혹 및 바람기 그리고 성적 고민, 성심리, 성행위 등에 대해 여실하게 보여 주고 있다. 이 모든 것은 淸朝에 다시 통치지위를 차지한 宋明理學에 대한 맹렬한 타격으로 된다.

제2절 성에로의 탐닉을 나타낸 에로스 문학

孟子가 말하다시피 성은 인간의 기본욕구의 하나이다. 인간은 누구도 여기서 자유로울 수 없다. 그래서 성은 아이러니하게도 인간이 슬플 때든지 즐거울 때든지 모두 탐닉할 수 있는 생의 반려가 되기도 한다.

한국 고대문학에 있어서 고려속요는 우리에게 슬픈 성을 드러내고 있다. 성의 부재, 성의 파멸, 성적 고민으로부터 오는 그것에 대한 역설적인 집착 및 탐닉을 보여 주고 있다. 고려속요 가운데 〈쌍화점〉, 〈만전춘〉, 〈여상곡〉 등은 흐드러진 육욕의 놀아남을 톺아 내고 있다. 〈쌍화점〉의 1절을 보도록 하자.

쌍화점(雙花店)에 쌍화(雙花)사러 가고신댄
회회(回回) 아비 내 손목을 쥐여이다
이 말씀이 이 점(店)밖에 나명들명
다로러거디러 죠고맛감 새끼광대 네말이라 하리라

---

41) 劉復, 李家瑞가 편찬한 《中國俗曲總目稿》에 수록된 俗曲은 6천여 종에 달하며, 鄭振鐸이 수집한 單印歌曲은 근 만 2천여 종에 가깝다.

더렁둥셩 다리러디러 다리러디러 다로러거디러 다로러
그 자리에 나도 자러 가리라
위위 다로러거디러 다로러
그 잔 데 같이 덤거츤 데 없다.

—〈쌍화점〉 1절

〈쌍화점〉은 도합 4절로 되었는데 시적 여주인공이 차례로 회회아비, 절의 중, 우물의 용, 술집아비와 사련의 정을 통했는데 그 소문이 퍼져나가게 되었다는 내용이다. 그런데 문제는 이 사련이 질타의 대상이 되기는커녕 오히려 '그 자리에 나도 자러 가리라'에 '더렁둥셩···/위위···' 같은 후렴구가 되풀이되면서 노골적인 성의 향연을 갈파하고 있다. 물론 '그 잔 데같이 덤거츤데 없다'라는 후렴구가 마지막에 반복되기도 했으나, 그것은 어디까지나 일종 눈 가리고 아웅 하는 식의 제스처에 불과하다.

〈만전춘〉, 〈여상곡〉 등도 마찬가지다. 〈만전춘〉에서 '어름 우희 댓닙자리 보와 님과 나와 어러 주글만뎡 情둔 오ᄂᆞᆯ밤 더듸 새오시라 더듸 새오시라'는 죽음을 초월하는 '오ᄂᆞᆯ밤'에 초점이 맞추어진 절실한 임과의 사랑을 읊어내고 있다. 이것에 맞물려 '玉山을 벼이 누어 錦繡山니블 안해 麝香 각시를 아나 두어' 있다는 광경으로 육욕적 사랑의 리얼리티를 살려 내고 있다.

그러면서도 '소콧 얼면 여흘도 됴ᄒᆞ니'에서는 무절제한 남자의 바람기에 여심의 불안을 나타내고 있다. 그러나 결국 임과 재회해서 함께 잠자리를 하자는 에로티시즘적인 미래지향의 절정으로 귀결되며, 영원히 이별하지 말자는 바람을 나타낸다.

한마디로 고려 시기는 이미 학계에서 많이 지적되다시피 무신란이요, 몽고란이요 하며 심중한 내우외환에 빠져 전반 사회적 분위기가 피폐해질 대로 피폐해져 〈여상곡〉에서 보여주다시피 여유가 있고 즐거워서 성을 추구했다기보다는 '곧 죽어질 몸', '죽어서는 무간지옥에 떨어질 몸이니까' 등 일종 허탈감과 허무에 빠져 찰나적이고 자포자기적인 성의 광란 속에 탐닉했다고 볼 수 있다.

조선조에 들어서 이런 육욕적인 사련을 나타낸 고려속요들이 '存天理, 滅人欲'하는 유교성리학이 사회지도이념으로 되면서 많이 난도질 당했음은 더 말할 것도 없다. 사대부들로부터 '男女相悅之詞'니 '淫辭'니 '妄誕'이니 뭐니 하며 많은 지탄을 받았다. 그래서 결국은 '舊樂整理'라 하여 세종, 성종, 중종 대에 많이 거세되거나 개작되었다. 사실 이런 속요뿐만 아니라 돈독한 사랑을 표출한 〈동동〉, 〈서경별곡〉, 〈가시리〉 같은 속요들도 '속악'으로 문제시되었던 것이다. 〈동동〉 그리고 〈서경별곡〉, 〈가시리〉는 떠나간 임에 대한 그리움을, 혹은 떠나는 임을 잡아두려는 애처로운 호소를 반복적으로 되뇌고 있는데 그 기저에는 성적 고민 및 갈망 같은 것을 배제할 수 없다.

이런 고려속요는 원래 민간에서 유전되던 노래들이 관변 측에 의해 수집, 정리된 것으로 파악되고 있다. 이른바 '舊樂整理'는 그 일단을 말해 준다. 이로부터 놓고 볼 때 이런 고려속요는 중국 《詩經》의 '國風'이나 漢대, 남북조 악부민요들과 맞먹는다. 주지하다시피 《詩經》은 중국의 공자가 西周시기부터 春秋중엽에 이르기까지 시가를 정리하여 305편으로 묶어낸 시가집이다. 《詩經》 가운데 '國風'은 당시 유전되던 민요들이 수집, 정리되었다. 유교 정초자인 공자가 性을 내비친 시를 배척했음은 더 말할 것도 없다. 그럼에도 불구하고 《詩經》의 '國風'에는 남녀간의 성심리가 내비친 일부 작품들이 있다. 공자가 《論語》에서 '鄭聲淫'이라고 한 것은 그 보기가 되겠다. 그런데 漢대는 본격적으로 유교를 국시로 한 조대라 해서 그런지 漢악부민요에는 성

에 대해 읊은 시가 거의 거세되고 없다. 그러다가 魏晉남북조 악부민요
에 와서 성을 취급한 작품들이 얼마간 나타났다. 여기에서도 주로 여성
들의 성욕망, 성심리 혹은 성고민이 표현되고 있다. 먼저 북조민요를
보면 〈地驅樂歌辭〉에 '驅羊入谷, 白羊在前./老女不嫁, 蹋地呼天.', 〈地驅
樂歌辭〉에 '門前一株棗, 歲歲不知老./阿婆不嫁女, 哪得孫兒抱?', 〈折楊柳
歌辭〉에 '問女何所思, 問女何所憶?/阿婆許嫁女, 今年無消息.' 같은 데서
는 시집 못 가 안달아난 노처녀들의 성심리를 우회적으로 잘 나타내고
있다. 고려속요에는 이런 노처녀들의 성심리를 보여 준 솔직하면서도
유머러스한 작품이 없으나, 조선조 후기 근대의식이 싹트면서 비슷한
성의식의 노출을 보여 준 일군의 〈노처녀가〉가 있으니 잠간 보도록 하
자. 어떤 〈노처녀가〉에서는 병신이어서 시집가지 못하고 나이 쉰이 넘
은 노처녀가 '음양의 배합법을 낸들 아니 모를 손가'라고 푸념을 하더
니, 홍두깨에다 옷을 입혀 신랑이라면서 혼례 지내는 거동까지 그려내
서 해괴한 장면을 연출하고 있다. 어떤 〈노처녀가〉에서는 가난한 좀양
반이 체면에 맞는 혼처를 고르다가 마흔 살이나 되는 딸을 노처녀로 남
겨두었는데, 아버지는 '혼인 사설 전폐하고 가난 사설뿐'이니 딸은 애가
타서 오는 손님이 행여나 중매생이인가 하고 기다려 보면 환자 재촉하
는 풍헌, 약정이라고 하소연한다.

　남조민요에는 '夜覺百思纏, 憂嘆涕流襟'(〈子夜歌〉二十六), '夜長不得
眠, 轉側聽更鼓'(〈子夜歌〉二十八)〉, '思歡不得來, 抱被空中語'(〈讀曲歌〉
四十七) 등 성적 고민을 나타낸 구절들이 상당히 많이 눈에 뜨인다.
남조민요 〈讀曲歌〉五十五에 '打殺長鳴鷄, 彈去烏臼鳥./願得連冥不復曙,
一年都一曉!'라고 홰치는 장닭을 잡아치우고 새벽에 우는 오구조를
쏴버려 1년에 새벽이 하나만 되게 하고 싶다는 '歡娛恨夜短'의 사랑심
리는 고려속요 〈정석가〉 같은 데서 '삭삭기 셰몰애별혜 나는/……/구

은 밤 닷되를 심고이다/그 바미 우미도다 삭나거시야/……/有德ㅎ신 님믈 여ㅎᄋ와지이다'라고 한 것과 같은 맥락에서 이해할 수 있다. 이를테면 절대 불가능한 상황의 실현을 전제로 해 놓고 이별 없는 항구적인 사랑을 꿈꾸었을진대 역설적으로 그녀들이 임과 떨어져 있는 사랑부재의 고통을 얼마나 뼈저리게 느꼈는가를 알 수 있다. 여기의 사랑부재에는 성적 고민도 그대로 묻어난다. 남조민요에서 〈子夜歌〉 가운데 〈子夜歌四時歌〉는 도합 75수인데 대개 춘, 하, 추, 동의 절기변화에 따라 성애심리의 변화발전을 보여 주고 있다. 예컨대 봄바람으로 소녀의 춘정, 여름의 무더위로 소녀의 달아오르는 사랑, 가을밤의 둥근달로 소녀의 깨끗한 마음 및 그리움의 깊이, 겨울 산에 덮인 흰눈으로 남녀의 결합 내지는 백년해로를 나타내고 있다. 그러면서도 어떤 것은 사계절의 열매나 초목 내지는 노동실물로써 남녀지간의 각종 성적인 욕망과 심리를 나타내고 있다. 그리고 이 과정에 소녀들의 색채가 화려한 옷가지로부터 싱싱한 육체미에 이르기까지 그려내고 있다. 고려속요 〈동동〉도 월령가 형식으로 사계절을 의식하며 시적 흐름을 조직하고 있다. 그런데 〈子夜歌四時歌〉처럼 노골적이고 다양한 성애심리는 나타내지 못하고 있다. 단지 떠나간 임을 계절, 절기에 따라 그리는 성적 고민이 기저에 깔린 여심을 보여 주고 있다.

고려속요도 좋고 남북조민요도 좋고 모두 여성을 시적 화자로 하고 그녀들의 성적 고민이나 비극을 주로 보여 주고 있다. 그리고 그 표현에 있어서 리얼리티가 떨어지는 추상적이고 암시적인 특성을 보여 주고 있다. 이것은 가부장적 전통사회에 있어서 여성들의 처지 및 동양적 심미관념 그리고 시적 장르라는 제한으로 볼 때 자연스러운 것인 줄로 사료된다.

성은 원초적인 의미에서 종의 번식에 초점이 모아진다. 그러나 발

정기를 벗어난 인간의 성은 넘쳐나는 무궁한 에너지를 갖고 있다. 이로부터 이 에너지는 수시로 향락의 분출구를 찾아 내뿜기도 한다.

한국과 중국 고대문학사에 있어서 후세로 가면서 민요에 대한 수집, 정리에 있어서 관변 측 행위는 단절되고 만다. 한국의 경우 이런 관변 측 행위는 고려속요 및 이제현의 일부 악부시 이후로는 더 나타나지 않았다. 그렇다 해서 민요가 소실된 것은 아니다. 그것은 자연적인 유전의 법칙에 따라 현재까지 명맥을 유지하고 있다. 특히 성적인 색채를 띤 민요들이 강한 생명력을 띠고 있는 줄로 파악된다. 여기서도 민중은 의식주 및 성이라는 가장 원초적이고 기본적인 것에 많이 집착해 왔음을 알 수 있다. 잘 알려진 도라지타령을 보도록 하자. 다른 것은 제치두고 후렴구 '한두 뿌리만 캐여도 대바구니가 다 찬다', '대바구니가 스리살살 다 녹는다', '대바구니가 반실이 되었다'만 보더라도 길쭉한 도라지로 남성을 상징하고 옴폭이 패인 바구니로 여성을 상징하며 성적 교접을 흥겹게 나타내고 있다. 그리고 안동군 민요 '심산첩중 딱다구리/생나무구녕도 뚫는데/우리 집 낭군님/뚫어진 구녕도 왜 못뚫노'를 보건대 딱다구리에 비긴 '낭군님'의 성의 무능을 유모아적으로 읊고 있다.

중국의 경우, 이런 관변 측 행위는 대게 魏晉남북조 악부민요 이후로 흐지부지해지고 만다. 그러나 민요는 憑夢龍 같은 민간의 통속문학에 신경을 많이 쓴 문위들에 의해 수집, 정리되고 명맥을 유지하며 明대에 와서 다시 한 번 집대성되는 모습을 보인다. 明대에는 약 1000여 수 좌우의 민요가 수집, 정리된 것으로 잠정 집계되고 있다. 이 가운데 《夾竹桃》, 《桂枝兒》, 《山歌》 세 민요모방집 혹은 민요집이 성문제를 많이 다루고 있다. 明대는 萬曆 이후 시민이 장대해지고 도시가 발전함에 따라 개성해방욕구가 그 어느 때보다 높았다. 이런 민요들에서 남녀지간의 성욕과 성애를 대담하게 고취한 것은 이런 시대적

74

요구에 부합되기도 했다. 《夾竹桃》에는 123수의 민요모방작이 전하는데, 20여 수, 즉 6분의 1에 걸쳐 남녀의 육체적 교접과 침대머리의 정사를 적나라하게 묘사하고 있다. 허벅지, 가슴, 치부 등에 대한 묘사도 나타나고 있다.

여기서 우리의 눈을 끄는 것은 거리낌 없이 즐기자는 성향락주의이다.42) 〈映日落花〉, 〈莫管城樓〉, 〈莫遣紛紛〉 등은 그 보기가 되겠다. 《桂枝兒》은 憑夢龍이 수집, 정리하고 편목을 달았는데 총 400여 수에 남녀 간 성애를 다룬 사랑가가 90%에 달한다. 이 민요집에는 남녀 간의 육욕적인 성행위를 나타낸 작품들이 많다. 이 작품들에서 역시 성향락주의를 내비치고 있다. 엄숙하지 못한 장난으로 대하는 태도도 내비치고 있다. 예컨대 〈久交〉에 보면 나이를 불문하고 성적으로 즐기고 놀자는 성문란에 가까운 작태를 보이고 〈五更天〉에서는 도덕이고 뭐고 일단 즐기고 보자는 향락주의를 고취하고 있다. 《山歌》는 憑夢龍이 《桂枝兒》에 이어 수집, 편찬한 민요집이다. 《山歌》에 실린 민요들을 보면 남녀의 성욕과 성애에 대한 대량적이고 대담한 표현에 있어서 《桂枝兒》와 같다. 《山歌》에 실린 〈騷〉, 〈篤痒〉, 〈敲門〉, 〈老阿姐〉 등에서는 참기 어려운 성적 기갈을 술회하고 있다. 《山歌》의 3분의 1은 우회적으로 혹은 직접적으로 또는 정도부동하게 남녀의 성적 교접을 다루고 있다. 예컨대 〈船〉, 〈鋸子〉, 〈站子〉 같은 데서는 우회적이었다면, 〈同眠〉, 〈昨眠〉, 〈身上來〉 같은 데서는 비교적 노골

---

42) 중국에서는 도교의 性觀이 秦漢시기부터 유행하면서 지나친 성적 추구에 대한 경계를 나타낸 에로스 문학도 나타나고 있다. 秦漢시기 枚乘이 〈七發〉에서 楚나라 태자로 하여금 지나친 성욕을 절제할 것을 권한 것, 그리고 《二拍》에서 과도한 성욕에 의한 죽음, 친구의 권유로 성욕을 절제한 것은 전형적인 보기가 되겠다. 사실 〈金瓶梅〉도 형식상에서는 西門慶의 과도한 성욕에 의해 패가망신하는 것으로 그려놓고 있다.

적으로 남녀의 성교를 나타냈다. 그리고 〈饅頭〉, 〈瘦妓〉, 〈壯妓〉, 〈大脚妓〉 같은 데서는 성행위에 대한 묘사와 더불어 여성의 육체에 대해 묘사를 진행하며 성적 흥취를 내비치고 있다. 〈跌弗倒〉, 〈田鷄〉 같은 데서는 성교와 동시에 남녀 성기에 대한 묘사도 진행하고 있다. 여기서는 비록 시적인 메타포를 통한 아리송함이 없지 않아 있지만, 한국 고대 염정소설의 최고봉 〈변강쇠전〉의 '기물타령'을 떠올리기에 족하다.

한국과 중국의 고대 에로스 문학은 획일적인 것이 아니고 신분과 계층, 내지는 장르에 따라서도 다른 양상을 드러냈다.

한국 고대문학에 있어서 사대부들과 기녀들이 주고받은 시는 성의 발랄함과 여유로움, 즐거움을 그대로 드러내고 있다. 우선 송도3절의 하나로 스스로 높게 산 기생 황진이가 떠나가는 혹은 떠나간 '임'을 염두에 두고 읊은 시조 두 수를 보도록 하자. '청산리 벽계수야 쉬이 감을 자랑마라/일도창해하면 다시 오지 못하거늘/명월이 만건곤하니 쉬어간들 어떠하리!' 너무나 잘 알려진 시조다. 황진이의 발랄함이 살아나는 시조다. 여색을 멀리한다는 벽계수를 인생 본연의 허무와 무상함으로 은근히 유혹한다. '명월이 만건곤하니 쉬어간들 어떠하리!', 여기 환한 명월-송이 황신이가 있으니 모든 부담 떨쳐 버리고 한번 놀아 보자는 데는 그 누가 아니 넘어가리오. 노골적인 육욕적 사랑의 유혹임에 틀림없다. '冬至ㅅ달 긴긴 밤 한 허리를 둘에 내여/春風 이불 아래 서리서리 넣었다가/얼은 님 오신 날 밤이어든 굽이굽이 펴리라.' 여성적인 독특한 상상과 섬세함이 그대로 살아나는 황진이의 너무나 여성다운 시조다. 시적 자아 황진이의 기생신분 및 '春風', '이불', '밤' 등 시적 이미지로 놓고 볼 때 이것은 아마도 사련에 더 가까우면서 육욕에 넘치는 사랑의 정을 설파하고 있다.

전통사회에 있어서 사대부는 여색을 멀리하는 근엄함을 나타낸다.

그러나 그들은 '解語花'-기생한테 접근하며 딱딱한 분위기를 깨고 인간본연의 모습으로 돌아오기도 한다. 이능화의 『朝鮮解語花史』에 보면 한국에서 기녀에 관한 기록은 신라 때부터 문헌에 나타나는데 그 역사는 퍽 오랜 것으로 헤아리게 된다. 그리고 조선조의 기녀설치목적을 보면 '列郡置妓 宴侍使客'이라 하고, 奉使之人, 一般朝官, 方伯守令들이 다 '以妓爲樂'했다고 한다. 그럼 아래에 《槿花樂府》에 '鄭松江與妓眞玉酬答'이라고 밝힌 두 편의 시조를 좀 보도록 하자. '玉이 玉이라커늘 燔玉만 너겨떠니/이제야 보아ㅎ니 眞玉일시 적실ㅎ다./내게 술송곳 잇던니 뚜러볼가 ㅎ노라.'43) 점잖은 정철이 언제가 술기운이 동해 옥이라는 기생에게 넌지시 한 수 읊는다. 남성적인 성의 공격성을 유머러스하게 읊조리고 있다. 그런데 그 기생의 화답시 또한 만만치 않다. '鐵이 鐵이라커늘 섭鐵로만 여겼더니/이제야 보아ㅎ니 正鐵일시 분명ㅎ다./내게 골불무 잇던니 뇌겨볼가 ㅎ노라.'44) 결국 正鐵이라 하건만 '골불무'에 녹아야 하는 鄭徹임에라 두 손 들고 만다. 이 두 시조는 육욕적인 사랑을 유머스러움 속에 마음껏 뿜어 내고 있다. 일국의 재상이요 〈訓民歌〉를 지어 百姓을 敎化할 정도의 道德君子라 할 수 있는 정철도 그 대상이 기녀이기 때문에 이처럼 猥褻스럽기까지 한 작품을 지어 전주곡적 性戲를 내비칠 수 있었을 것이다. 그는 또 변방의 기녀를 作妾하여 다음의 시조를 읊게도 했다고 한다.

---

43) 《瓶窩歌曲集》에 거의 같은 내용을 싣고 작자를 玉伊라 밝혀 놓고 있는데 酬答歌로서 작품내용과 어울리지 않기에 鄭徹의 작품으로 보는 것이 타당하다.

44) 《瓶窩歌曲集》에 거의 같은 내용을 싣고 작자를 鐵伊라 밝혀 놓고 있는데 酬答歌로서 작품내용과 어울리지 않기에 眞玉의 작품으로 보는 것이 타당하다.

간밤의 우던그새 예와울고 게갓다쇠난이
님못 보아 죽어지라 ᄒ엿떠니
ᄌ셔이 傳튼 못ᄒ여고 주걱주걱 ᄒ도다

  위에서 언급한 조선조 말기 자탄가 가운데 〈申歌傳〉을 보건대 여기
서는 과부의 외동딸이 고자 신랑을 만나 신세 망친 상황을 읊고 있다.
여기서 고자 신랑이 첫날밤에 헛고생을 하는 거동을 리얼리티하게 보여
주고 있어 흥미롭다. 이런 데서 성은 일종 즐기는 것으로 승화되어 있다.

속속드리 꺼입은 것 ᄎ례로 벗겨 노코
못 삼긴 것 잘 삼긴 체 무졍ᄒ 것 유졍ᄒ 체
산영기 되엿던지 휘두로 바라본다
시앗시 되엿던지 이신을 꼬집ᄂ다
달바츌 가라던지 헐덕임도 헐덕인다
저 혼ᄌ 애롤 쓴들 종쇠업ᄉ 매돌이요
고부러진 방아로다 밤새도록 애만쓰고

  조선조 말기 근대적 평민의 사설시조를 보면 대개 육욕적인 사랑의
쾌락을 읊은 것이 많다. 이런 사실시조들은 인간의 성적 본능을 긍정하
고 즐기는 유머러스한 여유로움이 있다. 물론 그 객관적 효과는 당시
폐쇄된 도덕관념에 대한 충격이고 도전임에 다름 아니다. 이런 사설시
조에서는 고려속요에서처럼 비탄에 빠진 여성들이 아니라 사랑의 고삐
를 쥐고 여유작작하게 성을 즐기는 근대적 여성들의 모습이 나타나고
있다. '콩밭에 들어 콩잎 뜯어먹는 암소 검은 암소 아무리 이리다 쫓은
들 제 어디로 가며/이불 아래 든 님을 발로 톡 박차 미적미적하면서 어
서 가라한들 날 버리고 제 어디로 가리/아마도 싸우고 못 마를슨 님이
신가 하노라'. 여기서는 '콩밭에 든' '암소'와 '이불아래 든 님'이 비홍수

법에 의해 하나로 클로즈업되어 육욕적인 사랑의 농도를 유머러스하게 읊어내고 있다. '중놈도 사람인양 하여/자고 가니 그립다고 중의 속낙 내갈 베고 내 족두리 중놈 베고 중의 정삼 나 덮어쓰고 내치마란 중놈 덮고 자다가 깨달으니/둘의 사랑이 속낙으로 하나 족두리로 하나/이튼 날 하던 일 생각하니 흥글흥글 하여라'. 여기서는 분명 사랑, 특히 육욕에 놀아나서는 안 될 중과의 육욕적 놀아남을 유흥적으로 읊어내고 있다.

중국의 경우를 보면, 봉건사대부들은 정통적인 '文而載道'라는 관념 하에 에로스 문학을 외면하거나 거의 손대지 않다가 晚唐시기 杜牧, 李商隱, 趙嘏, 張泌, 韓屋 등에 이르러 남녀지간의 艶情, 성애를 노래한 시가 유행하기 시작하였다. 그러다가 宋대에 이르러 두 대표적 詞人 溫庭筠, 韋庄이 한국 고대문학사에서 가사와 맞먹는 詞에서 최초로 남녀성애에 관한 이야기 및 자기들의 애정경력에서의 희로애락을 읊음으로써 중국 고대문학에 있어서 문인과 기녀 및 남녀지간의 艶情을 읊는 詞의 전통과 관습을 열어놓았다. 이로부터 詞는 宋대에 와서 새로운 국면을 맞게 되었다. 〈四庫全書總目提要〉에 보면 '盖詞本管弦冶蕩之音'이라고 한 것은 詞의 음조가 본래부터 경박하고 야하다는 것이다. 詞의 이런 음조에 맞추어 詞를 짓는 사람들이 남녀 간의 상사, 정한 내지는 艶情, 정사 같은 것을 나타내는 것이 제격으로 인정되었다. '詞爲艶科' 그리고 詞가 나타나서 문인들 입에 많이 오르내린 '詩庄而詞媚'란 말은 그간의 사정을 잘 말해 준다. 黃庭堅의 경우는 구체적인 보기가 되겠다. 黃庭堅은 江西詩派의 수령으로서 시에서 천박함과 艶情을 가장 꺼렸다. 그러나 그는 〈沁園春·把我身心〉이라는 詞에서 艶情을 토로하고 있다. 〈千秋歲〉 같은 詞에서도 '奴奴睡, 奴奴睡也奴奴睡!'라고 '睡'를 거듭 외우고 있는데 그의 일반 시적 경지와는 전혀 다르다. 모종 의미에서 詞가 나타나기 전에 문인들이 에로스 문학 창작의 출구를 찾지 못했다면, 그 이후에는 名正言順한 출구를 찾아 스스럼없이 발산시켰다고 볼 수 있다. 溫庭筠과 韋庄에 이어 五代시기 詞人 歐陽炯이 〈浣溪沙〉[45] 등 詞에서 대담하게 남자가 느끼는 섹스의 황홀감을 나타냈는데 그것은 대단히 선정적이었다. 詞에서 가장 대담하게 남녀간의 욕정을 나타낸 사람은 뭐니 뭐니 해도 北宋시기 시인인 柳永이다. 柳永은 성격이 활달하고 자질구레한 데 매이지 않았는데, 吳曾의 〈能改齋漫錄〉에 보면 '淫冶謳歌之曲, 傳播四方'하여 당대 임금인 宋仁宗의 눈에 나 출세의 길이 막혔다. 이에 柳永은 아예 잘 되었다고 부귀공명과는 인연을 끊고 온종일 술집이나 사창가에 드나들며 술과 기녀들 속에 묻혀 있었다. 이로부터 그는 전문 '遊邪', '淫蝶'한 이른바 '狎妓詞'를 썼다. 그가 사귀고 정을 나눈 기녀들은 대단히 많다. 그의 詞에 나오는 기녀들의 이름만 해도 수두룩하다. 그는 이런 '狎妓詞'에서 기녀들을 성적 노리갯감으로 대한 것이 아니라 인격적으로 대하며, 그녀들과 희로애락을 같이 했다.

'膩玉圓搓素頸'(〈晝夜樂〉 제2수), '穿針樓上女, 擡粉面, 雲鬢相亞'(〈二郎神〉), '世間尤物意中人, 輕細好腰身'(〈少年遊〉 제4수), '施朱傅粉, 豊肌淸骨, 容態盡天眞'(〈少年遊〉 제6수), '酥娘一搦腰肢裊, 回雪縈塵皆盡妙'(〈木蘭花〉 제4수), '如削肌胕紅玉瑩'(〈紅窓聽〉), '身材兒, 早是妖嬈, 算風措, 實難描. 一個肌胕渾似玉'(〈合歡帶〉)

등 구절에서는 그녀들의 피부, 자색, 몸매에 대해 묘사하면서 여성미에 대해 흔상하고 찬탄하는 태도를 나타냈다. 그리고

---

45) 이 詞에 대해 況周頤은 『蕙風詞話』에서 '自有艷詞以來, 殆莫艷於此矣'라고 평하고 있다.

'洞房飮散帘幃靜. 擁香衾, 歡心稱. 金鑪麝裊靑煙, 鳳帳燭搖紅影. 無限狂心乘酒興. 爾歡娛, 漸入嘉景'(〈晝夜樂〉 제2수), '洞房悄悄. 錦帳里, 低語偏濃, 銀燭下, 細看俱好.'(〈兩同心〉), '玉樹瓊枝, 迤儷相倚傍. 酒力漸濃春思蕩. 鴛鴦綉被翻紅浪.'(〈鳳棲梧〉 제3수), '至更闌, 疏狂轉甚. 更相將, 鳳幃鴛寢. 玉釵亂橫, 任散盡高陽, 爾歡娛, 甚時重恁'(〈宣淸〉), '幾回飮散良宵水, 鴛衾暖, 鳳枕香濃.'(〈集賢賓〉)

등 많은 구절에서는 직접 남녀정사의 즐거움을 노래하고 있다. 〈菊花新〉에서는 전편이 이런 내용으로 되어 있다. 柳永은 '存天理, 滅人欲'의 理學이 극심한 宋代에 여성미 및 남녀정사에 탐닉하고 즐긴 괴짜이다. 柳永의 영향하에 후세 詞를 짓는 문인들은 남녀 艶情의 표현에서 못 벗어났다. 婉約派의 대표 詞人 秦觀은 〈滿庭芳·山抹微雲〉에서 '銷魂, 當此際, 香囊暗解, 羅帶輕分, 謾贏得, 靑樓薄幸名存.'라고 대담하게 歌妓와의 艶聞을 피력하고 있다. 豪放派의 대표 詞人 劉過도 미인의 발, 손톱 등을 비롯한 육체미를 읊은 詞를 지었다. 이 외에 晏幾道, 周邦彦, 賀鑄, 姜夔 등 많은 유명한 詞人들이 모두 艶詞를 지었다. 그런데 전반적으로 보면 詞가 남녀의 정욕 및 정사를 나타냄에 있어서 성행위에 대한 직접적인 묘사는 적고 보다 많이 심리적인 차원에 머물고 있다. 성행위를 묘사할 경우에도 위에서 보다시피, '偶同鴛被', '低幃幷枕', '輕偎輕倚', '綉被翻紅浪' 등 함축적이고 암시적인 데 그치고 말았다. 그러나 元대의 散曲에 이르러서는 적나라한 모습 그 자체다. 任訥의 〈曲諧〉을 보면 元曲은 詞에서 취급한 모든 내용을 쓸 수 있을 뿐만 아니라 '猥鄙', '淫爛' 같은 것들도 쓸 수 있다. 그래서 元曲에서 남녀 艶情을 취급한 작품이 詞보다 훨씬 많다. 예컨대 '贈妓', '赴約', '風情', '遇美', '詠美', '佳遇', '贈美色', '贈美妓', '美足小', '嘲妓好睡' 등을 제목으로 한 艶曲이 비일비재하다. 새파란 기녀뿐만 아니라 늙은 기녀, 철색기녀, 허리 굽은 기녀도 쓰며 여인의 손, 발, 손톱뿐만 아니라 여인의 허리, 살점, 키도 쓰며 여인의 유혹뿐만 아니라 남자의 성적 기갈, 도취도 썼다. 어떤 것은 직접 〈揄期〉, 〈僧犯奸得馬表背救〉, 〈揄情爲獲〉 같은 야한 제목을 달고 있다. 한마디로 말하여 元曲에서는 남녀지간에 생길 수 있는 정념, 정욕, 성욕, 성애 및 성행위 등 모든 것을 흔상하고 즐기는 적나라함 그 자체로 취급하고 있다. 한마디로 말하여 중국 고대문학에 있어서 에로스 문학은 元曲에 이르러 내용 면에서 철저한 해방을 한 셈이다.

조선조사회에 있어 사대부들은 소설, 특히 애정소설에 대해 줄곧 '誨淫誨盜', '淫藝不經', '倡亂之書', '易壞人心'이요 하며 타매하였다. 실학사상의 집대성자로 꼽히는 정약용도 여기서 예외는 아니었다. 그러다가 조선조 후기에 들어서면서 소설은 긍정을 받으며 대담하고 진실하게 이성에 대한 본능적 욕구 및 즐거움을 보여주기 시작했다. 이로부터 산생된 일련의 艶情소설은 그 보기가 되겠다.

천강 무궁한 흥미를 어찌다 실화하리오.(〈玉丹春傳〉, 世昌書館 11페이지)
원앙새가 푸른 나무숲에 놀고 비취가 연리지에서 깃드림과 같아서 무궁하게 즐거워하였다.(〈淑香傳〉, 韓國古典文學全集 376페이지)
생이 그 옥수를 잡고 침석에 나아가니 운우지락을 닐운지라. ㄱ 절절흔 정을 일언충랑치 못할녀자.(〈淑英娘子傳〉, 제1회)
생이 낭즈로 더부러 금슬지락을 닐우매 슈유불러 흐고 학업을 전패흐니.(〈淑英娘子傳〉, 제2회)
처음에는 서로 계면적어 하다가 이가치 情話가 되매 일시내여 몇 십년 사는 부부가치 정밀하얏더라…이가치 서로 밤이 깁푼 하가지 만단정화를 하고 혹을 묻인 후금침에 드니 원앙이 록수에 깃드림 갓더라.(〈채봉감별곡〉 44~45페이지)
이덧늬시 담화하다가 밤이 깁흠에 금금을 펼치고 원앙침에 나아가니라.(〈李世士傳〉, 世昌書館刊 12페이지)

보다시피 여기서 남녀지간의 情事는 '원앙새', '부부' 같은 메타포, '즐거웠다', '情話', '절절흔 정'과 같은 추상어들을 사용했으며 기껏해야 '옥수를 잡고', '운우지정', '금슬지락', '후금침', '금금', '원앙침' 같은 일부 情事와 관계되는 상상력을 자극하는 표현들을 좀 썼을 뿐이다. 한마디로 말하여 이들 情事표현은 우회적이고 추상적이고 비자극적이다. 찰나적인 섬세한 느낌, 진한 자극 등을 좋아하는 우리 현대독자들에게 있어서 이런 미적지근한 표현은 정말 무미건조하다. 그런데 우리가 알아야 할 것은 이런 소설들이 대개 '男女七歲不同席'의 근엄한 체면문화에 젖은 양반사대부들이 지은 것이라 할 때 그런대로 대단히 파격적임을 간과해서는 안 된다.

이런 양반의 艶情소설과 거의 동시에 조선조 후기 근대 여명기에 나타난 서민의 일련의 판소리계 대본 및 소설들은 성적 표현에 있어서 훨씬 직접적이고 구체적이며 리얼리티하다. 양반의 체면이요, '男女七歲不同席' 도덕률보다는 먹고사는 문제가 우선, 그래서 보다 많이 인간본연의 원초적인 진솔함으로 살아가는 그들에게 있어서 그것이 정상적인 모습일 수 있다. 판소리계 대본 및 소설은 말 그대로 다양성을 곁들인 성의 발랄함 및 화끈한 노출이 많다. 이는 양반들의 艶情소설에서 내비친 성의 조심성 및 긴가 민가 하고는 확연한 대조를 이룬다. 艶情소설이 성의 짜릿함과 즐거움을 향해 조심스럽게 머리를 기웃거렸다면 판소리계 대본 및 소설은 그것을 화끈하게 즐기는 性戲의 문학으로 승화시켰던 것이다. 판소리 대가 신재효는 분명 의식적으로 이런 性戲를 추구했다. 그의 판소리 대본 곳곳에 이것이 보인다. 그는 판소리를 즐김의 대상으로 인식하고 그 구체적 방법의 하나로 성적 표현을 즐겨 썼음을 알 수 있다. 판소리계 대본 및 소설은 어디까지나 흥행예술과 연계되어 있다. 모종 의미에서 판소리라는 것은 서민광대들의 생계수단으로 나타났다고 볼 수 있다. 관객들이 흥미를 느껴 모여들도록 해야 한다. 이런 차원에서 놓고 볼 때 성은 더 없이 좋은 자극제가 되고 흥행거리가 되었을 것이다. 특히 성적으로 폐쇄된 사회에서 말이다. 이로부터 근엄한 척하는 양반들도 이런 성의 戲畵적 노출에는 자기도 모르게 웃음이 나왔을 것이고 중인층을 비롯한 도시 시정배들은 향락적 욕구를 충분히 만끽했을 것이다. 이로부터 판소리계 대본 및 소설의 성은 서민광대들의 눈물어린 성의 戲畵에 싸여 올려진 성의 즐거운 향연임을 알 수 있다. 한국 고대문학에서 성은 이 판소리계 대본 및 소설에 와서 보다 높은 차원의 새로운 자리매김하게 되었다고 볼 수 있다.

  판소리계 대본 및 소설에는 노골적인 음담패설 및 성과 관련된 희극적 과장이 대단히 많다. 판소리 12마당에는 매 편에 이런 요소들이 나타나고 있다. 〈심청가〉(신재효 본)에서 심봉사의 방아타령 및 후반부 뺑덕어미 등장 이후 거의 무시로 나오는 性戲에 가까운 장면들, 〈수궁가〉에서 토끼가 자라부인을 침범하는 장면, 〈오섬가〉에서 충격적인 역사적 사변인 당나라 안록산의 난을 양귀비의 성욕추구 차원으로 격하시켜 희화한 것46) 등이 그 보기가 되겠다. 좀 구체적으로 〈남창춘향가〉를 보도록 하자. 〈남창춘향가〉의 집장가 장면에서 춘향이 열 번째 매를 맞을 때 느닷없이 '씹은 주지 않겠다'고 내뱉는 것은 烈을 고양하는 것 같지만 실은 엉뚱한 '씹'소리에 웃음이 나온다. 〈남창춘향가〉에서는 춘향의 烈—여성에게 강요된 유교적 사랑의 理를 높게 산 듯하다. 그러나 우리는 성춘향과 이몽룡이 첫눈에 반하고(一見鍾情) 곧바로 첫날밤에 '사랑가', '情字노래', '宮字노래', '어붐질', '말노

---

46) 고대 그리스의 아테네와 트로이 사이에 미인 헬렌 때문에 실제로 10년 전쟁을 치른 비극성을 보여 주었다면 여기서는 성을 매개로 일종 역사의 희화화를 통한 희극성을 보여 주고 있다.

84

림'의 성희(性戲)에로의 골인 등에 접할 때 정말 눈이 휘둥그레진다.

● 첫날밤

사양을바드면서삼각산제일봉봉학안자춤추난듯두활개를에구부시들고춘향의섬섬옥슈바드드시검쳐잡고으복을 공교ᄒ계 벽기난듸 두손길셕놋턴이 춘향가은허리을 담슥 안고나상을버셔라춘향이가처음이릴뿐아니라북그러워고개을슈겨몸을틀제이리곰슬져리곰슬녹슈의홍련화미풍맛나굽이난듯도련임초매벽거제쳐노코바지속옷벽길적의무한이실난된다이리굼실저리굼실동해청용이구부를치난듯아이고노와요좀노와요실난즁옷끈끌너발가락으딱걸고셔진드시눌으며지지개쓰니발길아래떠러진다오시활딱버셔지니형산의백옥떵이이우에비홀소냐오시활신버셔지니도련임거동을보려ᄒ고실금이노으면서 아차차 손뼏젓다 춘향이가침금속으로달여든다도련임왈칵조차들어누어져고리을벽겨내여도련임옷과모도한틔다 둘둘 뭉쳐한편구석의던져두리안고마조누워슨니그대로잘이가잇나골집낼제삼승이불춤을 추고서 별요강은 장단을마추워청그릉쟁쟁문고루난달낭달낭등잔불은가물가물마시잇게잘자고낫구나그가온데진진ᄒ이리리야오직ᄒ랴(〈春香傳〉, 金思燁校註本58~59페이지).

● 사랑가

사랑사랑내사랑이야동졍칠백월하초의무산갓치노푼사랑목단무변슈의여천창해갓치 집푼 사랑 오산젼달발근듸츄산천봉원월사랑(중략)그러면너죽어될것잇다너는죽어 방아확이 되고 나는 죽어 방아 고가 되야 경신년 경신월 경신일 경신시의 강태공 조작방의 그져 떨꾸덩떨구덩찍커들난날인줄알여무나사랑사랑내사랑내간간사랑이야(중략)너는죽어명사 십리해당과가되고나는죽어나부되야나는네꽃숭이물고   너는 내 수염물 고춘풍이 건듯 불거던너울너울춤을추고노라보자사랑사랑내사랑이야내간간사랑이지(同上書, 59~65페이지).

● 情字노래

내사랑아들러셔라너와나와유졍ᄒ니어이이안니다졍ᄒ리담담장강슈유

유의원거졍하교의불상송강슈원함졍송군남포불승졍(同上書, 66페이지)

● 宮字노래
  조분천지객태궁뇌셩벽력풍우속의셔기삼광풀여잇난염장ㅎ다창합궁
(중략)이궁져궁다바리고네양각셔슈룡궁의내의심줄방망치로질을내자
구나(同上書, 68~9페이지)

● 어붐질
  어붐질쳔하쉽이라너와나와할신벗고업고놀고안고도놀면그계어붐질
이계야애고나는 북그러워못벗것소에라요겨집아히야안될마리로다내먼
저버스마보션단임허리듸바지져고리휠신버셔한편구셕의밀쳐놋코우둑
셔니춘향이그거동을보고빵긋웃고도라셔며ㅎ는마리영낙업난돗채비갓
소오냐네말조타천지만물이짝업난계업난이라두돗차비노라보자그러면불이
나끄고노사이다불이업시면무슨재미잇것는야어셔버셔라어셔버셔라애고나
는실어요도련임춘향오슬벽기려홀계넘놀면서어룬다(同上書, 70페이지)

● 말노림
  쳔하쉽지야너와나와버신짐의너은온방바닥을기여단여라나는네궁둥
이여딱붓터셔네 허리를잔뜩고볼기짝을내손바닥으로탁치면서이리ㅎ거
든ㅎ흥그려퇴금질노물너시며 뛰여라알심잇계뛰거드면탈승짜노래가잇
난이라타고노자타고나자헌원씨십용간과능작대무치우탁녹야의사로잡
고승젼고을울이면서지남거를놉피타고(중략)나는탈것업셔시니금야삼
경깁푼밤의춘향배를너짓타고홋이불노도슬다라내기겨로를겨어오목셈
을더라되순풍의음양슈를실음업시건네갈제말을삼어라량이면거를거리
업슬손야마부는내가되야네구졍을는지시잡아구경거림반부서로화장으
로거리라기총마뛰듯뛰여라(同上書, 76페이지)

  이팔청춘의 성춘향과 이몽룡에 있어서 어른들 뺨칠 정도로 야하디
야한 육욕의 사랑 놀음이다. 우리 현대인간들조차 무색할 정도로 다
양한 육욕적 사랑의 양상 및 테크닉을 구사하고 있다. 아무래도 신사

숙녀의 겉치레보다는 즐기는 즐거움 그 자체로서의 성을 퍼포먼스하고 있는 모습이다. 〈남창춘향가〉의 '사랑가'는 〈변강쇠가〉과 〈심청가〉에도 나온다. 〈변강쇠가〉의 사랑가는 '강쇠가 옹녀 업고 사랑가로 어르'고 '옹녀가 강쇠 업고 사랑가를 부르'는 남녀의 짝으로 분화되어 있는 것이 특이하다.

한국 고대문학은 판소리계 대본 및 소설에 와서도 진정한 에로스 문학이 산생된 것은 아니다. 왜냐하면 이런 대본 및 소설에서 성은 아직 주요한 이슈가 아니며 근근이 흥밋거리를 돋우는 한 장치에 불과하다. 성 자체의 의미는 무시되었다는 말이 되겠다. 그리고 성이 거창한 의미를 부여받아 사회적 이슈로 부상된 것도 아니다. 작가의식 차원에서 놓고 보아도 이런 거창한 의미보다는 먹고살기 위한 흥밋거리 쪽에 신경이 더 많이 쓰였기 때문이다.

중국 고대문학의 경우를 보면 소설은 초창기인 魏晉남북조의 志怪소설, 唐조의 傳奇소설에서부터 성적 요소가 취급되었는데 傳奇소설 〈遊仙窟〉에서는 남녀의 성행위에 대해 적나라하게 묘사하고 있다. 이 외에 傳奇소설 〈霍小玉傳〉, 〈鶯鶯傳〉 등에서도 남녀 간의 정사를 유흥적으로 보여 주고 있다. 明조 중기, 후기부터 도시경제와 시민계층의 확대에 따라 소설은 나날이 번영해 갔는데 시민계층의 사상의식이 침투되고 성 혹은 성애문제가 많이 취급되었다. 한국 고대문학의 판소리계 소설에 맞먹는 통속화본소설은 그 전형적인 보기가 되겠다. 元말明초에 나온 중국 최초의 장편소설 〈三國志演義〉, 〈水滸傳〉은 성에 대한 묘사를 회피하지 않았다. 특히 〈水滸傳〉은 여체 및 생식기에 대해 구체적으로 묘사하고 있다. 후의 장편소설 〈西遊記〉도 마찬가지다. 明초의 瞿佑의 〈剪燈新話〉에도 적지 않은 남녀성애에 관한 묘사가 있다. 중국 고대 에로스 문학은 〈金甁梅〉, 〈三言〉, 〈二拍〉으로 성의 흐드러진 향연을 연출하며 성숙과 더불어 최고봉을 장식하게 된다.

제3절 무의식의 표현으로서의 에로스 문학

무의식과 문학의 관계에 대한 논의는 20세기에 들어서 프로이드를 비롯한 정신분석학자들에 의해 이론적 차원의 조명을 받고 현재 많은 사람들이 공명하고 있다. 무의식은 모종 의미에서 본능의 세계이다. 두말할 것도 없이 성은 본능의 세계에서 주요내용의 하나를 이룬다. 이 면에서 놓고 볼 때 프로이드가 성을 무의식세계의 전부인양 얘기한 것은 분명 지나친 것임에도 불구하고 도리가 없는 것은 아니다. 이로부터 무의식적 성이 문학의 주요 표현대상의 하나가 됨은 더 말할 것도 없다. 이런 차원에서 한국 고대문학을 고찰해 볼 때 일부 작품들은 분명 인간 무의식의 보편적인 성적 원형이나 콤플렉스를 발산하고 있다.

신라수이전 〈首揷石枏〉과 〈崔致遠〉은 한국 고대문학사에서 人鬼相愛를 연출한 離魂모티프의 단서를 이룬다. 〈首揷石枏〉, 부모들의 장애로 사랑을 이룰 수 없는 남자가 폭사한다. 그러나 그 사랑을 잊지 못하여 혼은 사랑하는 여인의 집으로 찾아간다. 하룻밤 풋사랑이나마 즐겁게 나눈다. 그리고 자기의 죽음을 애통해하는 여인의 서러움에 감복한 나머지 남자는 다시 환생하여 즐겁게 같이 20년을 살았다는 내용이다.

이후 김시습의 〈李生窺墻傳〉, 〈萬福寺樗蒲記〉, 〈醉遊浮碧亭記〉의 離

魂모티프도 같은 맥락에서 이해할 수 있다. 김시습의 이런 작품들의 남주인공들은 환생한 여자의 혼백과 사랑에 빠졌다가 결국 그 사랑이 끝날 때 인생의 허무와 무상을 느끼며 시름시름 앓다가 죽거나 '不知所終' 혹은 사라지거나 하는 비극적 종말로 끝난다. 離魂모티프를 중심으로 한 이런 작품들은 사랑하는 남자 혹은 여자에 대한 屍愛적인 사랑을 다분히 기저에 깔면서 이루지 못한 또는 한 맺힌 사랑의 콤플렉스를 갈무리하고 있다.

최치원은 20세 젊음의 나이에 당나라 종9품의 宣州 溧水縣尉에 임명된다. '祿厚官閒 胞食終日 仕優則學免鄭寸陰'. 미관말직이나마 후한 녹과 한가로운 관직에 공부하고 글을 쓸 수 있는 여유를 얻었다고 만족해하였다 모든 것이 다 이루어진 것 같았다. 그런데 혈기왕성한 젊음의 그에게는 사랑이 비어 있다. 그래서 그는 人鬼交歡의 〈崔致遠〉을 펼쳐낸다. 〈崔致遠〉은 다정다감한 최공이 꽃 같은 나이에 죽어간 두 꽃 같은 처녀의 죽음을 애석하게 여겨 시를 지어 그 혼령을 위로한 것이 계기가 된다. 이에 감동된 두 자매 처녀신은 최공을 이상적인 남성상으로 여기고 밤이 되어 찾아온다. 그리고는 그들은 술도 나누고 시로써 수작도 하고 흐드러진 사랑도 맛본다. 즐거운 하룻밤을 지내고는 그녀들은 안개처럼 사라진다. 최공은 은근한 아쉬움과 더불어 알알한 허탈감에 빠지기도 한다. 위에서 지적하다시피 〈崔致遠〉은 다분히 屍愛적인 사랑을 전제로 하면서 그룹섹스 냄새가 풍기는 작품 세계를 통해 남주인공들은 生怨靈으로서의 무의식적 육욕을 기껏 발산하고 여주인공들은 死怨靈으로서 맛보지 못한 사랑이나 못 다한 사랑을 충족시키는 慰靈祭에 다름 아니다. 崔致遠이 〈雙女墳〉이나 〈仙女紅袋〉 같은 여주인공 차원에서 다른 이름으로 불리는 것은 그간의 사정을 잘 말해 주고 있다. 훗날 〈구운몽〉 같은 데서 꿈의 형식을 이용한 한 남성 대 여러 여성들의 화기애애한 일부다처제적 가족형태를 보여 준 작품들은 일종 군혼제시기 푸리 그룹섹스적인 인간의 무의식적 원형의 한 표현형태로 볼 수 있다. 남성중심적인 가부장사회에서 한 남성 대 여러 여성의 패턴으로 나타남은 너무나 자연스러운 일이다.

중국 고대문학사에서도 人鬼相愛의 離魂모티프는 기본 모티프의 하나가 되고 있다. 六朝로부터 隋, 唐朝에 이르는 志怪소설은 더 말할 것도 없고 대가들의 작품인 湯顯祖의 〈牡丹亭〉, 曹雪芹의 〈紅樓夢〉 등도 마찬가지다. 志怪소설에서 〈賣胡粉女子〉(劉義慶의 〈幽明錄〉), 〈龐阿〉(劉義慶의 〈幽明錄〉), 〈鄭生〉(〈太平廣記〉358의 〈靈怪錄〉), 〈李仲文女〉(陶潛의 〈搜神后記〉卷4), 〈駙馬都尉〉(〈干寶의 〈搜神記〉卷16), 〈離魂記〉(陳玄佑의 〈太平廣記〉358) 등 작품들은 혼령이 산 사람에게 信物을 주고 무덤을 파헤치거나 관을 열어 확인하는 등 관건적인 모티프 및 기본 슈제트에 있어서 비슷하다.

신라수이전 〈竹筒美女〉, 대나무 속에 두 미인을 넣고 다니는 기이한 이야기가 나온다. 김유신이 목격한 실제담처럼 이야기하고 있다. 신비한 '異客'이 동해에서 두 미인을 아내로 얻어 '竹筒'에 두 미인을 넣고 서해로 가는 도중에 쉬면시 다른 사람이 없는 엄밀한 곳에서 '竹筒'에 든 두 미인을 내놓고 이야기를 나누더라는 것이다. 그래서 김유신이 그 '異客'과 남산의 소나무 밑까지 동행하여 주안을 베풀고 그 두 미인을 나오게 하여 같이 즐겼다는 것이다.[47] 〈朝鮮文學의 발전과 중국문학〉(김병민·김관웅, 연변대학출판사 2003, 50페이지)에 보면 이것은 중국 南梁시기 吳均(469~520)이 지은 〈續齊諧記〉에 있는 〈陽羨鵝籠〉에서 기원한 것으로 보고 있다. 그리고 〈陽羨鵝籠〉는

---

47) 일본의 〈竹取物語〉는 비록 성적인 요소는 없지만 대나무 속에서 사람(아이)이 나온다는 모티프는 〈竹筒美女〉와 같다.

段成式의 〈酉陽雜俎續集·貶吳篇〉에 의하면 인도의 불교경전 〈譬喩經〉에서 기원했다는 것이다. 〈陽羨鵝籠〉을 보면 서생이 자기의 걸음을 들어 준 許彦이라는 사람에게 감사의 뜻을 표하기 위해 입으로 산해진미와 미녀를 토해내어 대접했는데 서생이 잠든 사이 미녀가 남편 대용으로 한 남자를 토해낸다. 그런데 이 남자는 다른 마음이 생겨 다시 다른 여자 하나를 토해낸다. 잠에서 깬 서생은 이 광경을 보고 이 남녀들을 입안에 다시 삼켜 버린다. 보다시피 〈竹筒美女〉가 김유신의 눈에 비친 '異客'의 異蹟을 그대로 보여주는 데 그치고 말았다면 〈陽羨鵝籠〉는 성적 문란을 경계한 도덕적 색채가 가미되고 있다. 이 이야기는 男主外, 女主內의 전통적인 사회패턴에서 밖으로 먼 길을 가기 마련인 남자들이 성적 기갈문제를 손쉽게 풀어 보려는 무의식적 백일몽에 다름 아니다. 이것은 또한 예쁜 여자와 수시로 그러면서도 은밀히 즐기고픈 남자들의 무의식적 욕구발산이기도 하다. '金屋藏嬌', 한무제가 어릴 때 죽마고우의 阿嬌한테 이제 크면 황후가 되게 하고 궁중에 두고 두고두고 보겠다고 한 언약을 실현하여 阿嬌를 진황후로 長門宮에 들게 하고 즐긴 것도 같은 맥락에서 이해할 수 있다. 이런 이야기들은 성적인 면에서 비교적 자유로운 원시불교 시대의 인도에 그 기원을 두고 동양 여러 나라에 전파해 간 것으로 파악되고 있다.

신라수이전 〈金現感虎〉, 인간과 虎의 사랑을 읊고 있다. '元聖王代 有郎君金現者, 夜深獨繞不息. 有一處女念佛隨之, 相感而目送之, 繞畢, 引入屛處, 通焉.' 여기서 '一處女'는 인간으로 화한 범이다. 남주인공 金現은 결국 虎女와 '相感而目送之'하고 '通焉'했던 것이다. 그런데 김현은 짓궂게 虎女를 따라가 그녀가 虎女임을 알았을 때도 당황하지 않는다. 그는 결과적으로 여차여차 하라는 虎女의 보은의 분부를 받고 그대로 행하여 결국 입신양명한다. 이로부터 金現은 虎願寺를 지어 虎女의 넋을 위로한다. 고려시기 이후로 일부 문인들에 의해 중국 〈河東記〉에 있는 人虎지간의 사랑을 다룬 〈申屠澄〉과 〈金現感虎〉 사이에 비교를 진행하여 왔다. 〈金現感虎〉나 〈申屠澄〉는 모두 人獸지간의 사랑을 이야기하고 있다. 군혼제 전에 인간은 만물유령론의 애니미즘적 사유방식에 의하여 인간과 동물은 서로 통하며 인간이 동물로 화하고 동물이 인간으로 화할 수 있는 것으로 보았다. 이로부터 인간이 동물과 교접하고 사랑하는 것도 자연스러운 일로 보았다. 한국 〈단군신화〉에서 곰의 웅녀로의 변신, 〈해모수신화〉의 해모수와 하백의 재주 겨룸에서의 다양한 동물로의 변신, 신라수이전의 〈老翁化狗〉, 그리고 중국 고대 〈大禹治水〉 전설에서 治水영웅 禹가 곰으로 화하거나 곰이 된 그의 몸에서 아들 啓가 태어나는 등은 바로 이것을 말해 준다. 〈金現感虎〉나 〈申屠澄〉는 인간의 무의식 속에 남아 있는 人獸지간의 원초적인 애니미즘적 성적 교접을 기초로 한 사랑을 보여 주고 있다.

카사노바, 남자들의 무의식 심층에 있는 여성정복의 바람기를 말한다. 여기서는 反其意而用之, 여성들의 무의식심층에 있는 남성편력의 바람기도 포괄하는 개념으로 사용히도록 한다. 〈구운몽〉은 여성편력 차원에서 우리에게 남성의 카사노바 콤플렉스 발산으로 안겨온다. 첫눈에 팔선녀에 반한 성진, 무의식 속의 양소유로 화하여 팔선녀 화신들을 하나하나 정복해 나간다. 물론 〈구운몽〉에서 이런 艶福은 마지막 부분에 가서 인생무상과 허무의 불교적 空사상에 의해 부정되기는 하지만 3분의 2를 차지하는 거의 대부분 편폭에서 보여 준 남성의 여성편력은 카사노바 콤플렉스를 발산하기에 족하다. 이런 카사노바 콤플렉스는 판소리계소설 〈변강쇠전〉에 와서 노골적이고 화끈하게 나타난다. '천하잡놈'인 남주인공 변강쇠는 조선팔도 주색잡기에 이골 난 전형적인 카사노바. '천하잡년'인 여주인공 옹녀는 '상부살'이 끼여 숙명적인 남성편력을 한다. 카사노바를 뒤집은 여성의 남성편력 콤플렉스를 기껏 발산하고 있다. 옹녀는 변강쇠 송장 치는 마당에서조차 결과적으로 여성성을 내걸게 된다. '천하잡놈'과 '천하잡년'이 청량리에서 만나 백주에 벌거벗고 기물타령을 하며 흐드러지게 놀아나는 性戱는 카사노바 콤플렉스를 전제로 한 야하게 흐르기 쉬운 인간무의식의 蕩男蕩女적 콤플렉스를 대리 발산해 준다. 한마디로 〈변강쇠전〉의 성적 제스처 및 마지막에 변강쇠의 동티로 징계의 여운을 주는 듯하는 부분들에 대해서는 다른 시각에서 재론의 여지가 없는 것이 아니지만 〈변강쇠전〉은 현전하는 판소리계 소설에서 성의 노출이 가장 심하고 남녀의 카사노바적 콤플렉스를 가장 잘 발산해 주고 있음은 두말할 것도 없다. 이에 대해 일찍 이명선이 〈조선연문학의 최고봉 변강쇠가〉(〈신천지성〉 4권6호, 서울신문사 1949. 7)에서 조선문학을 놓고 볼 때 軟문학의 적어 아쉬운 판인데 그래도 〈변강쇠가〉가 그것을 미봉해 주어 높게 살 만하다고 한 것은 일리가 있는 지적이다. 중국의 경우 〈변강쇠전〉 하고 맞먹는 소설로는 〈金甁梅〉를 꼽을 수 있다. 〈金甁梅〉는 남주인공 西門慶의 3처3첩은 물론 조금 자색만 갖춘 여자만 보면 음욕이 동해 돌진하는 여성편력 및 처첩들의 무절제한 淫行, 그리고 이들의 다양한 性戱는 〈변강쇠전〉보다 한술 더 뜬다. 朱星의 〈金甁梅考證〉에 의하면 〈金甁梅〉에는 남녀 同宿이 105곳이나 되고 남녀 정사를 대서특필한 부분이 36곳이나 되며 스치고 지나간 부분이 36곳이나 된다. 〈金甁梅〉는 性戱의 다양한 방식, 테크닉 면에서 가히 백과전서라고 할 수 있다. 그래서 〈金甁梅〉는 중국에서 전형적인 '淫誨'소설로 지목되어 禁書취급을 당했다. 그런데 '淫誨'라도 좋고 禁書라도 좋고 〈金甁梅〉가 역시 남녀의 카사노바 콤플렉스 그리고 蕩男蕩女적 性戱

의 욕구를 기껏 발산해 주고 있음은 분명하다.

　위에서 잠간 정립해 본 여성의 카사노바, 이른바 한국 고대문학에서 남성훼절형 작품에서 가장 잘 드러나고 있다. 〈배비장전〉과 〈이춘풍전〉은 전형적인 한 보기로 되겠다. 〈배비장전〉을 좀 보자. 기녀 애랑은 콧대 높은 두 비장을 좌우지한다. 먼저 정비장을 홀리는 장면을 보자. 정비장은 애랑과 헤어지면서 애랑의 색태, 지혜, 간교가 교직된 감미로운 허언과 기만에 속고 홀려서 모든 재산을 하나도 남김없이 깡그리 빼앗기고 남성의 상징인 상투까지도 뽑히게 된다. 애랑은 심지어 ‘兩脚山中朱將軍’, 즉 정비장의 남근까지 베어 주기를 요구한다. 다음 배비장을 정복하는 장면을 보자. 9대 貞男의 배비장은 양반의 지조와 자존을 내세우며 제주도에 부임해 온다. 그런데 산 속에서 목욕하는 애랑의 육감적인 유혹에 어느새 반하고 정욕을 활활 태우고 만다. 그래서 결국 벌거숭이가 되어 뭇 사람들 앞에서 쫄딱 망신을 하게 된다. 그리고 이별에 앞서 애교만점인 애랑의 페티시즘적 요구에 온갖 재물은 물론, 이발까지 빼 주는 사랑의 포로가 된다. 소설의 마지막 부분에 애랑이 한 주머니나 되는 남성들이 빼 준 이빨 주머니를 배비장한테 사랑의 징표로 딘져준 것은 배비장에 대한 신랄한 풍자와 더불어 기생 신분에 걸맞은 여성의 무의식 심층에 도사리고 있는 남성편력 카사노바 콤플렉스의 시원한 발산에 다름 아니다. 중국의 경우 劉向(기원전 794∼724)의 〈烈女傳〉을 보면 상반되는 두 타입인 열녀류와 ‘孼嬖’류가 등장한다. 여기서 열녀류가 당시 사회의 이데올로기에 맞춘 의식세계의 것이라면 末喜, 妲己를 비롯하여 呂后, 西施, 褒姒로 대표되는 ‘孼嬖’류는 관능의 매력으로 남자들을 유혹하고 호리는 무의식세계의 여성 카사노바 콤플렉스에 다름 아니다.

　인간은 아이러니하게도 죽음에 임해 생명의식이 가장 고양되기도

한다. 인간의 무의식적 생명의식이 발동된다는 것이다.[48] 한국 고대
문학에 있어서 〈오섬가〉를 좀 보도록 하자.

> 그 즁의 우슬 이리 쟝즁의 작별할 졔 유력한 쵸패왕이 취즁의 불
> 셩인亽 우미인을 즈쳐 녹고 망죵 이별 하직 살판 한번을 ㅎ즈 ㅎ니
> 우미인이 아니 듯고 아무리 방색한들 바우와 낼 슈 업셔 한팔(판)을
> 하두구나. 일어한 죠흔 굿을 우리 난 보앗스되 뉘가 보니 잇건난야.

보다시피 〈烏蟾歌〉는 항우가 유방에게 패하여 마지막 자결에 앞서
사랑하는 우미인을 죽이는 비극적인 처절함을 풍기는 중국 '覇王別姬'
의 고사를 패러디하여 전혀 다른 엉뚱한 발상을 해놓고 있다. 즉 항
우가 우미인을 죽인 것이 아니라 마지막 사별의 징표로 성행위를 한
것으로 설정하고 있다. 여기에서 성행위는 텍스트 그 자체로 볼 때
바로 무의식적 생명의식의 한 표현으로 볼 수 있다.

이 외에 한국과 중국 고대에로스 문학에 있어서 변칙적이고 변태적
인 성도 눈에 띄어 이색적이다. 元대 散曲 趙顯宏의 〈竹夫人〉, 明대
《夾竹桃》, 《桂枝兒》, 《山歌》 세 민요 혹은 민요모방집에는 대리만족,
와와친 및 일부 영물시에서의 페티시즘적 경향[49]은 그 전형적인 보
기가 되겠다. 한국 고대문학에서 〈배비장전〉의 애랑이 배비장을 후려
내는데 의식적이기는 하나 페티시즘적 사랑을 잘 연출해 내고 있다.

---

48) 남자 사형수들이 사형집행을 받는 순간 사정을 하는 경우가 있다고 보
   고되는 것은 그 한 보기가 되겠다.
49) 《桂枝兒》권8의 〈粽子〉는 전형적인 그 한 보기가 되겠다.

제5장 에로스 문학의 구체적 양상 비교

제1절 염정소설의 허와 실

한국과 중국에서 에로스 문학을 가장 잘 떠올리는 개념으로 '염정소설'을 들 수 있다. 그런데 한국과 중국에 있어서 그 뉘앙스는 사뭇 차이를 나타내고 있다. 한국은 김태준이 『조선소설사』, 소재영이 『艶情小說考』에서 아무런 개념 규정 없이 '염정소설'이란 명칭을 사용한 이래 김기동이 『韓國古典小說研究』[50]은 '애정문제를 표현하고 애정관계의 비중을 중시한 것'으로, 조윤제가 『韓國文學史』[51]에서 주로 '남녀의 사랑과 그 생활을 묘사한 작품'으로, 정주동이 『古代小說論』[52]에서 '남녀간의 애정을 제1주제로 내세운 작품'으로 조동일[53]이 『한국문학통사』 3권에서 '애정의 문제를 긴요하게 다룬 것'으로 염정소설의 개념을 각각 규정하여 왔다. 이러한 선학들의 염정소실에 대한 규정은 의미상 명칭과 개념에 있어 커다란 차이를 발견할 수 없다. 그리고 굳이 성적인 요소를 짚은 것은 아니고 일반적인 의미에서 남녀

---

50) 교학연구사, 1983, p.149.

51) 探究堂, 1979, p.313.

52) 螢雪出版社, 1986, p.280.

53) 지식산업사, 1984, p.503.

간의 애정을 그린 작품으로 막연히 지칭하고 있음을 알 수 있다. 이렇게 놓고 볼 때 한국에서 이른바 艶情小說[54]이란 일반적인 의미에서 우리 어문학회에서 펴낸 『국문학사』[55]에서 지칭한 戀愛小說이나 일반 애정소설이라고 해도 무방하다. 물론 한국의 이상익의 〈한중소설의 비교문학적 연구〉를 보면 '염정소설과 〈金甁梅〉' 부분에서 '염정소설'을 중국의 원색적 의미에 접근한 개념으로 사용하기도 했다. 여기서 알 수 있다시피 한국 학계에서는 戀愛小說나 일반 애정소설 개념과 '염정소설' 개념을 혼돈해서 쓰는 경우도 없지 않아있다.

조선조는 유교를 국시로 삼았기 때문에 남녀 간의 사랑이 엄격히 규제되어 이를 소재로 한 작품이 비교적 드물고 규중 여인과의 연정담이 아닌 기녀와의 이야기가 주류를 이루었다. 이는 곧 당시의 유학자들이 도덕적인 사회를 건설하고자 하는 시대조류에 편승한 결과로 나타난 것이다. 그러나 임병양란을 계기로 서민의식이 싹트기 시작하였고, 영·정조대를 전후해서 실학사상과 중국소설이 소개되면서 유학자들의 반대와 저주에도 불구하고 인간본능을 진솔하게 표현한 염정소설이 활발히 창작되었다.

그 형성원인을 구체적으로 보면,

1) 엄격한 유교윤리의 제약 아래 현실적으로 남녀 간의 애정에 대해 엄격한 구속과 봉쇄를 당한 당시인들이 그러한 현실에 반발하여 백일몽의 욕구를 오히려 꿈의 세계와 이상향에서 만족 받으려는 경향을 나타내고,[56]

---

54) 주왕산은 『조선고대소설사』(정음사, 1931)에서 情艶小說이라 하고 있는데 그 의미적 내연은 같다.

55) 신흥문화사, 단기 4283, p.138.

56) 김용숙, 「고소설에 나타난 애정관」, 『아시아여성연구』제3집, 숙명여대 아시아여성연구소, 1974, pp.64-72.

2) 임병양란을 기점으로 대두된 실학사조와 중국 염정소설의 영향을 받은 당대인들에게 내면의 자각이 일기 시작하고 인간의 참다운 모습을 찾아보려는 의도[57]였으며,

3) 19세기를 전후로 소설의 상업적인 유통과정이 이루어지고 하층 독자의 사회의식이 각성되면서 현실의 문제를 구체적으로 받아들여 개척하고자 하는 의지[58]에서였다.

따라서 염정소설은 조선조시대를 거쳐서 개화기까지 꾸준히 창작되었고, 독자층에 있어서도 지속적으로 많은 비중을 차지하고 있었기에 그 연구는 가치 있을 뿐만 아니라 비교학적으로 볼 때 더욱더 큰 가치가 있다.

한국이나 중국을 막론하고 고소설사에 있어서 염정소설은 어떤 의미에서 재자가인소설의 재자와 가인의 정신적인 연애혼인을 육욕적인 연애혼인으로 바꾸어 놓은 변이형으로 볼 수 있다. 이런 의미에서 한국과 중국에서 염정소설은 재자가인소설의 후기적 변모의 한 양상을 보여주면서 가장 많은 독자층을 보유하게 되었고, 그 생명이 봉건시기 말기를 거쳐 개화기까지도 꾸준히 이어져 내려왔다.

그러나 한국에서의 염정소설 개념과 중국에서의 염정소설 개념을 좀 구체적으로 대비해 보면 조금 차이가 있는 듯하다. 중국에서의 염정소설은 말 그대로 淫事소설로서 남녀주인공의 사랑을 노골적이고 적나라하게 표현하는 데 그 목적이 있다. 작자는 대개 뛰어나고 묘한 글 솜씨로 애처롭고 안타까운 艶情을 농후하게 토로하고 있다. 그리고 그것은 鴛鴦胡蝶派로 대변되듯 근대 말기까지 줄곧 창작되어 내려왔다.

한국에서의 염정소설은 여주인공의 신분에 따라 양가집 규수가 주

---

57) 정주동, 앞의 책, p.281.
58) 조동일, 앞의 책, pp.503-504.

인공으로 등장하는 귀족적 염정소설과 기녀나 시녀가 주인공으로 등장하는 서민적 염정소설로 나누어진다. 귀족적 염정소설로는 〈淑英娘子傳〉, 〈淑香傳〉, 〈權益重傳〉, 〈梁山伯傳〉, 〈白鶴扇傳〉, 〈韋敬天傳〉 등이 있다. 이들 소설의 공통적인 특성을 보면, 남녀주인공은 모두 귀족 출신으로 특히 여주인공은 무남독녀이거나 승상, 상서들의 귀한 딸로 설정되고 있고, 사건전개에 있어서 대체로 비현실적이고 전기적인 요소가 많으며, 공간적 배경은 대부분 중국에 두고 있다.

서민적 염정소설로는 〈배비장전〉, 〈周生傳〉, 〈英英傳〉, 〈柳綠傳〉, 〈옥단춘전〉, 〈이진사전〉, 〈彩鳳感別曲〉, 〈芙蓉相思曲〉, 〈배비장전〉, 〈오유란전〉, 〈春香傳〉 등이 있다. 이들의 공통점을 살펴보면, 서민적 염정소설에는 대부분 기녀와의 사랑을 말하는데, 이는 당시의 사회질서에 대한 도전으로서 서민들의 신분상승에의 의지와 신분을 초월한 사랑의 열정을 보여 주는 것이다. 그리고 여주인공으로 등장하는 기녀들은 본래 양반이었으나 불행한 일을 당하여 기녀로 전락한 인물들이다. 이는 곧 신분이 천생적인 것이 아님을 보여 준다. 기녀는 모두가 재색을 겸비하고 절개가 곧으며 뛰어난 시재를 지닌 인물로 묘사되어 있다. 이런 서민적 염정소설은 서민들의 유교적 교양의 부족도 있지만, 즉흥적으로 그들의 진솔한 감정을 드러낸 것이 많아서 인간성 해방으로 나타난다. 상대적으로 놓고 볼 때 肉談的 표현은 귀족적 염정소설보다는 서민적 염정소설에서 보다 빈번하게 등장하고 그 도가 훨씬 심하다. 그러므로 그들의 문학 속에는 성적 표현이 리얼하고 적나라하며 여과 없이 드러낸 것이 많다. 문학 작품이 작가나 그 시대인들의 공통적인 욕망충족을 대변한다 할 때 〈변강쇠전〉도 이러한 맥락에서 파악해 볼 수 있는 대표작이다. 특히 〈변강쇠전〉에는 전체적으로 볼 때 적나라하고 노골화된 성 표현이 두드러지게 나타난다. 이것은 그들이 살았던 특정한 시대와 사회의 윤리, 도덕적 규범에 의하여 인간의 행동이 제한을 받게 되는 유랑인인 강쇠와 옹녀의 역동적이며 거침없는 성행위로 나타난다. 이것은 바로 그러한 제도와 윤리 규범을 벗어난 민중의식의 자유로운 性을 통하여 표출된 것으로 볼 수 있다. 그러나 〈변강쇠전〉의 경우 강쇠와 옹녀는 그 시대의 가장 소외된 계층으로 삶의 속박으로부터 벗어나 육체를 통해서나마 갈등을 해소하고 위안을 받고 구원을 받으며 즐겁게 살고 싶었을 것이다. 그러므로 〈변강쇠전〉에서의 등장인물들의 행동은 바로 민중의식의 발현이며 그러한 민중의식이 충동적이고 해학적으로 표출되었다는 것은 부정할 수 없다. 옹녀와 변강쇠가 보인 성행동은 강한 사디즘인 경향을 보이는데 성충동의 보다 강력한 표현이라고 해석할 수 있다. 옹녀와 변강쇠가 보인 성행동은 그들이 살았던 그 시대의 산물이기도 한 것이다. 〈변강쇠전〉 내용 중 '임진왜란 팔 년간에 어떤 부자가 피난하자 이 집을 지었던지……'란 내용과 강쇠가 辛己年 괴질병으로 죽은 것으로 되어 있는 것을 토대로 작품 배경을 추정해 볼 수 있는데 대략 영조 1761년쯤으로 추정한다.

이 무렵의 생활은 자연재해, 饑饉, 전염병 그리고 혹심한 지방의 토호와 관리들의 횡포로 많은 백성들이 생활의 기반을 잃고 流民되어 떠돌아다녔다. 강쇠와 옹녀 그리고 많은 주변 인물들은 하나같이 유랑걸식의 무리들인 것이다. 이들은 소외계층으로 性은 자연 그들의 갈등 해소의 한 방안이었던 것이다. 그들은 지배계층보다 배운 것이 없고 또한 떠돌이 생활에서 지쳐 우아하거나 유식한 말은 나올 수가 없었을 것이고 거친 행동이나 언어들로 표현함으로써 잠시나마 정신적·육체적 즐거움을 찾았을 것이다. 이와 같이 성의 정태적 표현은 신체를 통해 나타나는데 사대부들의 성의식은 문자와 상징을 통해 은폐적인 이율배반적 모습을 보이고 서민들의 성의식은 적나라하고 노골적이고 직설적임을 알 수 있다. 특히 서민들의 이러한 직설적인 표현은 양반층 지배계급의 위선을 벗기고 서민들과의 평등의식을 찾으려는 작가의 노력으로 보인다. 위와 같이 서민적 염정소설에서는 성의 클로즈업적 표현을 상스러운 언어나 퍼포먼스적으로 나타났다면 귀족적 염정소설은 은폐된 성의식의 점잖은 노출로 살펴볼 수 있다.

여기서 주목하고자 하는 것은 귀족적 염정소설이든 서민적 염정소설이든 만남 이후의 과정인데 남녀주인공들의 사랑의 클라이맥스를 보면 결국 농염한 육체적 사랑에 가 떨어지고 만다. 이를테면 이선은 기쁘게 숙향의 옥 같은 손을 잡고 침소로 가서 피차 사모하던 정을 달게 탐하였다고 표현하고 있으며, 과거 길에 오른 백선군은 숙영을 일각이 여삼추로 사모하던 나머지 도중 객사에서 몇 번이고 돌이켜서 부모 몰래 담장을 넘어 衾枕 속에 몸을 던지고는 낭자와 더불어 종야토록 정을 풀었다 하면서 선군은 낭자의 손을 끌어 잡고 침실로 들어가서 마침내 운우지락을 이루었는데 그 절절하고 황홀한 쾌락은 측량할 수 없었다고 표현하고 있으며, 백노와 은하의 결합도 화촉을 밝힌 첫날밤에 신랑신부가 운우지락을 이루니 그 정이 산같이 높고 바다같이 깊었다고 표현하고 있으며, 강필성과 김채봉은 밤이 깊도록 이야기를 한 뒤 등촉을 물리고 금침 속으로 들어가니 원앙이 綠水에 깃들임과 같더라고 표현하고 있다.

좀 더 구체적으로 사랑행위를 농염하게 표현한 〈韋敬天傳〉에서의 주인공 위생은 한눈에 반한 소숙방에게 바로 접근하는 장면과 〈춘향전〉에서의 장면은 더 노골적으로 표현된다. 이와 같이 인간의 절실한 욕망을 표현한 경우가 있는가 하면 또한 인간의 욕망이 현실적으로 실현이 불가능할 때 인간의 성을 통해서 그러한 욕망을 분출시키고 해탈감을 만끽하는 경우도 있다. 이들은 비속적 표현이거나 은어적 표현 등을 사용함으로서 性에 대한 표현을 노골적으로 나타냈다. 〈오유란전〉에 보면 이생이 김 감사에게 음식을 빼앗아 먹으러 갈 때 오유란의 계략에 걸려 裸身으로 나서는 장면을 보면 알 수 있다. 또한 어사출두로 인해 경황이 없는 상황 속에서도 김 감사는 동침하던 기생 계월과 서로 弄을 주고받는데, 이러한 표현 속에는 신체를 통해 감추어진 성의 세계를 드러냄으로써 웃음을 자아내게 하려는 작가의 의도가 나타나기도 하며 이러한 음담과 외설은 우리에게 악의 없는 웃음을 자아내게 한다. 또한 이런 노골적인 표현을 통해서 상층계층과 하류계층의 신분도 보아낼 수 있다. 보다시피 한국의 염정소설에서 성은 하나의 흥밋거리 내지 웃음거리로 되는 요소에 불과하다.

그리고 한국의 염정소설은 남녀지간의 淫事를 그 자체로 즐기려는 것보다 결국 도덕적 설교에 가 닿는 경우가 많다. 가장 야하다는 〈변강쇠전〉을 보면 호색남녀의 음란한 행위를 통하여 그들 스스로를 폭로 비판하여 결국에는 ‘懲淫文學’으로 나아갔다. 최근 학계의 연구에 의하면 조선조 후기 한문소설 필사본인 〈折花奇談〉이 〈金甁梅〉의 영향을 얼마간 받은 걸로 판명된다. 이 소설은 기혼 남녀의 邪戀을 보여주고 있는데 〈金甁梅〉의 서문경과 반금련의 邪戀과 매우 비슷하다. 세부묘사도 비슷한 데가 많지만 그 음란정도는 많이 떨어진다. 그리고 남녀주인공도 결국 개과천선하는 면모를 보인다. 그래서 현재까지 〈절화기담〉에 관한 연구를 보면 음사소설로 보는 경우는 없다. 한국의 염정소설들은 〈春香傳〉 성희장면처럼 성적 요소가 간간이 등장하기는 하되 그 주인공들은 피차간 사랑에 충성하며 일편단심의 도덕적 율을 보인다. 이로부터 한국의 염정소설이 중국 염정소설에 비해 훨씬 도덕적 가치를 지향하고 있다. 그러나 중국의 〈金甁梅〉, 〈여의군전〉, 〈素娥篇〉, 〈수답야사〉, 〈肉蒲團〉, 〈치파자전〉 등을 보면 말 그대로 그것은 염정소설로서 여기에 등장하는 남녀주인공들은 전형적인 淫棍들로서 사랑의 감정보다는 성에 탐닉하며 일종 성의 난장판을 벌리고 있다. 동성애와 같은 변태성욕도 눈에 잘 띈다. 음란하고 무절제한 성을 주제로 하고 있다. 그래서 이런 염정소설은 중국에서 대개 금서로 취급되었다. 물론 중국의 소위 자기 '음서'의 '懲戒'가치를 운운하고 있다. 주인공은 최대한의 쾌락을 누리지만 결국 패가망신하거나 죽음으로 내몰리는 극단의 경험을 한다. 인간의 성적 방종이란 비극적 결말을 불러올 뿐이므로 절대로 추구해서는 안 된다는 각성을 촉구한다. 그러나 이런 것은 문학적인 형상적인 묘사보다는 보다 많이 추상적인 설교로 진행되고 있는 만큼 감화력과 호소력이 없다. 그래서 따지고 보면 그들이 말하는 '懲戒'는 단지 '淫'을 그리기 위한 허울에 불과할 뿐이다. 〈肉蒲團〉[59]의 작자의 辯도 이 범주를 벗어나지 못하고 있다고 보인다. 사실 이 〈肉蒲團〉은 〈金瓶梅〉 못지않게 '음란함을 알리는 것'으로 인해서 그 이름이 나 있다. 작자가 작품의 앞부분에서 명백하게,

> 이 소설을 지은 사람은 원래 약간의 노파심이 있어 세상 사람들을 위하여 말하려고 하고 있다. 욕망을 적게 하라고 권하는 것이지, 욕심대로 하라고 권하는 것이 아니며: 음란함을 비밀스럽게 하라고 권하는 것이지, 음란함을 알리는 것이 아니니 사람들은 그의 뜻을 오해하지 말라.(做這一部小說的人原具一片婆心, 要爲世人說法: 勸人息欲, 不是勸人縱欲; 勸人秘淫, 不是勸人宣淫, 看官不可認錯他的主意.)

라고 하여 이 작품의 요지가 '勸人息慾', '勸人秘淫'에 있는 것 같으나 실제상 전 작품에 성에 대한 묘사가 아주 섬세하면서도 대량으로 남

---

59) 〈肉蒲團〉은 남성의 性的 환상을 그리고 있긴 하지만, 비참한 현실을 그대로 보여 주고 있는 데서 한국의 〈변강쇠전〉과 비슷한 데가 있다.

녀교합의 세세한 동작을 자연스럽게 묘사하고 있으니 그 효과는 작자의 宣言과는 정반대의 '勸人縱欲', '勸人宣淫'에 있다 하겠다. 그렇다면 문제는 작자가 도대체 무엇 때문에 이처럼 세세하면서도 생동감 넘치게 남녀지간의 일을 묘사하였는가? 작자는 이에 대해

> 근일의 인정은 聖人의 일들을 말하기를 두려워하나, 稗官野史는 즐겨보니 바로 패관야사 속에서는 충신·효자·절개·의로운 일이나, 음란하고·사악하고·황당한 일들을 즐겨 들을 수 있기 때문이다. 색욕의 일로써 그를 즐겁게 하여 그가 기분 좋은 때를 기다려 갑자기 몇 마디의 따끔한 말을 하여 그로 하여금 두렵게 한다. …… 그가 인과응보를 널리 알리는 곳을 볼 때를 기다려 가볍게 몇 마디의 말을 해줌으로써 그로 하여금 분연히 크게 깨닫게 한다.(近日的人情, 怕講聖經賢傳, 喜看稗官野史, 就是稗官野史裏面, 又慶聞忠孝節義之事, 喜看淫邪誕妄之書, …… 就把色慾之事去欣動他, 等他看到津津有味之時, 忽然下幾句針砭之語, 使他懼然, …… 又等他看到明彰報應之處, 輕輕下一點化之言, 使他幡然大悟.)

라 하고 있으니 이것이야말로 맹자가 말하는 바의 '就事論事, 以人治人之法'이라 하겠다. 특히나 〈肉蒲團〉의 작자는 '色慾'에 관하여 독특한 견해를 가지고 있으니, 즉 그는 女色을 인삼에 비유하여 인삼이 아무리 좋은 약이라고 하지만 그것을 적당히 먹으면 補가 되지만 過하게 취하면 害가 된다고 이야기를 하면서(只宜長服, 不宜多服, 只可當茶, 不可當飯, ……長服卽有陰陽交濟之功, 多服卽有水火相克之弊.), 여색도 이와 마찬가지로 과도하게 여색을 탐해서는 안 된다고 경고하고 있다. 그러나 이와 같은 경고의 말이 있음에도 불구하고 이 작품은 그 표현의 노골적인 이유, 성의 즐거움 고취 등으로 인해서 몇 차례의 禁毁를 당하게 된다. 〈肉蒲團〉은 결국 〈金瓶梅〉보다 더 노골적인 성 묘사에 치중한

염정소설로 꼽힌다. 이로부터 한국의 염정소설이 일종 고상한 애정을 보여 준다면 중국의 염정소설은 일종 타락한 성애를 보여 준다. 그리고 한국의 염정소설들은 대개 고진감래식의 대단원으로 끝난다면 중국의 염정소설은 대개 주인공이 죽거나 가정에서 축출되는 비극적 양상을 보인다. 이것은 전반 조선조사회가 도덕을 숭상하고 통치자들이 명청의 음사소설에 대해 강경한 조치를 취해 제재를 가한 것과 관계된다.[60]

한국 염정소설은 바로 이런 면에서 중국의 경우와 변별성을 갖고 있다. 상기 내용을 개괄적으로 보면, 우선 염정소설이라는 개념에서부터 그 변별성을 찾아볼 수 있다. 한국의 염정소설은 주로 남녀의 애정을 주제로 한 작품을 말하지만, 중국에서의 염정소설은 순수한 애정보다 농염한 이야기 스토리를 말한다.

다음 한국에서의 염정소설은 그 성적인 묘사가 극히 은밀하고 완곡적인 표현을 하지만, 중국에서의 염정소설은 보다 노골적이고 직설적인 묘사로 작품에 표현된다.

마지막으로 중국의 염정소설은 동성애를 다룬 작품이 많지만, 한국의 경우는 극히 적거나 또는 거의 없다.

결론적으로 말하면 중국의 염정소설이 염정소설 그 자체로 남았다면 한국의 염정소설은 보다 많이 일반 애정소설에 근접한 양상을 나타내고 있다.

전반적으로 볼 때 한국의 염정소설은 중국의 염정소설에 비해 양적으로 훨씬 적은 만큼 그 예술적 표현도 상대적으로 단조로운 편이다. 그러나 중국의 염정소설은 〈金甁梅〉가 사실주의적 특색을 나타냈다면

---

60) 〈한국인과 성〉(이명주, 지성문화사 1996)에 보면 조선조의 춘궁화도 성의 표현에 있어서 중국이나 일본처럼 그렇게 직설적이지 않고 해학적이고 낭만적인 특색이 있다고 한다.

대부분 음사소설의 환몽구조를 취하고 꿈속에서 겪은 비참한 결말이 현실이 아니라 꿈이었다는 몽유구조를 통해 자신이 처한 현실에 만족하며 순응하게 하는 태도를 보이기도 하는 다양한 양상을 보이고 있다.

제2절 과부 성고민 모티프 비교

억압적인 중세기 봉건사회에 있어서 한국이나 중국이나를 막론하고 과부의 성고민은 제도적으로 조성되었다. 한국의 경우 조선조 전까지는 부녀자들이 그래도 자유로운 분위기 속에서 생활했으나 조선조에 들어서서는 전적으로 자유를 구속당한다. 太祖元年에 어떤 사람이 상소하기를,

> "古者女子已嫁者, 父母沒則无歸宁之意, 其謹嚴如此, 前朝之際, 風速頹廢, 士大夫之妻, 趨謁權門, 恬不爲愧, 識者恥心, 愿白今文武兩班之婦女, 除父母親兄弟姐妹伯叔舅姨外, 不許相往, 以正風俗."

여기에 보면 양반여자는 자기의 가까운 친지 남자들하고만 접촉할 수 있도록 해야 한다고 한다. 그리고 바깥출입을 할 때는 반드시 얼굴을 가려야 된다고 한다.

> "礼曹上疏曰: ……又按礼婦人出中門, 必擁蔽其面, 行則乘車, 所以別嫌疑而預防閑也."

太宗六年(1406年)에 또 규정하기를,

> "……大小兩班正妻, 适三夫者, 依前朝之法, 彔于恣女案."

여기서는 양반의 부인으로서 개가를 세 번하면 방탕한 여자로 취급하여 간통죄로 다스렸다.

성종조에 와서는 '再嫁女子子孫禁錮法令'을 제정하기에 이르는데 이 것은 과부와 그 자녀들에 대한 더 없이 혹독한 멍에가 아닐 수 없다. 〈成宗實彔·卷八十二·八年七月〉에 보면,

> "非徒自坏家風, 實是有点名敎. 若不嚴厲禁防, 難以止淫僻之行. 自今,
> 在家女子孫, 不齒士版, 以正風俗."

그리고 《증보문헌비고·卷一百八十六·選擧考三·下》에 보면,

> "…… 再嫁失行婦女之子孫及, 庶子孫, 勿許赴文科生員進士試."

이 법은 모성애를 이용하여 자식의 출세 때문에 과부들이 자기의 개가를 희생하도록 하는 악법이다. 그리고 조선조는 법으로 이른바 법에 저촉되는 부녀자들의 '비행'을 엄하게 다스려 왔다.

《세종실록》에 보면 상층양반의 부인으로서 일부러 기녀로 전락하여 남자들과 놀아난 여인들에 대해 많이 처벌하고 있다. 이를테면,

> "上問余代言等曰: 司憲府囚淫婦甘同奸夫几何. 本夫水也, 世族衣冠
> 之女乎. ……潛奸者不可胜紀, 仲基爲務安守時率去赴任, 此女托疾, 請
> 先到京, 而淫行貫盈其父則檢漢成尹兪龜壽, 皆是世族也."

"義禁府啓, 于里加以衣冠婦女, 着常服, 出入閭里, 恣行淫奔. 李義山引
誘通奸, 許波回以婢妾産, 隔墻戲狎. 累朔通奸. 如此恣慢丑行之人, 若論以
常人犯罪之律, 則戒后无由. 依律決帳后, 安置遐方, 從之……司憲府上疏
曰: ……今于里加, 宰相之女, 朝士之妻, 而妖淫之行多端, 口不可道, 若從
經典, 例斷甘同, 其于先王之成憲, 豈非矛盾."

"大司憲申 等上疏曰: ……本朝經濟礼典內, 兩班婦女除父母親兄弟姐
妹親伯叔姑親舅以外不許往見, 違者以失行論. 今士大夫之妻, 或鬼神,
山野淫惑之鬼, 靡不祀之. 其中松 紺 尤极崇事. 每当春秋, 躬親往祭, 盛
設酒饌, 托以娛神, 作樂极歡. 經宿而還, 夸耀道路, 俳优巫覡, 前后雜, 張
樂馬上, 恣行嬉游, ……非爲婦女失, 德莫此爲甚. 昏惑邪媚之積習. 巫覡
歌舞之淫風, 將不可禁, 請自今中外名山神祀, 婦女來往, 悉行痛禁如有
違者, 依六典以失行論."

이런 恣女案에 대해 양반사대부들은 천하에 용납 못할 꼴불견으로
대노한다. 大司憲 徐居正이 올린 상소문에,

"近年以來, 習气日變, 尼徒漸多. 窮閻密地, 處處皆有社堂. 聚集徒侶,
广行招誘. 爲失行處女背夫悍妻之淵藪, 无行寡婦, 夫尸未冷托荐冥福, 而
剃發暗投者, 不知其几夷. 考其行, 誠心向道者百无一二, 跳出礼防切切焉,
肆意于宣淫耳. 何者婦人之處家, 閭閻在左右, 奴婢居前后, 僧俗异服, 出
入有禁. 雖欲縱情恣欲, 耳目旣广, 勢亦難行, 出家則僧尼, 一体, 服色相
混, 攘斥奴仆, 頓絶親戚, 出入无防, 其勢視前日, 豈不万万易哉. 女之无狀
丑行者結爲腹心, 或称点灯, 或称荐導, 或称翻經. 游遍寺刹. 旬日留宿, 蕩
而忘返, 縱淫丑穢之聲, 胜聞滔滔, 今之街談巷者曰: 某尼某氏与某僧柜從
名曰淨尼而實則蕩女; 名曰高僧而實則淫夫. 女往僧寺, 僧往女第, 踪迹詭
秘, 聞者孰不切齒乎."

가 있는데 이것은 그간의 사정을 잘 말해 준다. 물론 이들이 내세운 가치표준은 중국의 성리학에 다름 아니다. 즉

> "礼曹判許琮等議. 昔程子曰: 再嫁只爲后世怕寒餓死. 然失節事极大,
> 俄死事极小. 張橫渠曰: 人取失節者以配己, 是亦失節也."

조선조에서 고종 31년(1894년)에 과부의 재가를 허용했지만 그것은 일종 집단무의식으로 되어 잘 먹혀 들어가지 않았다.

중국의 경우를 보면, 일찍 西漢시기 宣帝가 "嫁母不制服詔"를 반포했는데,

> "婦人不養舅姑, 不奉祭祀, 不下慈子, 是自絶也. 故圣人不爲制服, 明
> 子无出母之義"

라 하여 개가했던 어머니에 대해서는 자식의 服喪의 의무가 없다고 규정했다.

명청 시기는 과부의 수절과 경제이익을 연결시켜 과부개가를 장려하고 있다. 명청 통치자들은 성리학을 대대적으로 선양하고 고취면서 《明會典》 같은 데 보면,

> "令民間寡婦三十以前夫亡守節, 五十以后不改節者, 旌表門閭, 免除本
> 家賦役"

중국은 동한 때부터 貞婦를 표창하기 시작했다. 그리고 고대 많은 문인들은 과부의 이런 개가금지에 대해 노래했다. 唐조 시인 孟郊의 〈列女操〉 "梧桐相待老, 鴛鴦會双死. 貞婦貴殉夫, 舍生亦如此. 波瀾誓不

起, 妾心古井水."는 한 보기가 된다.

사실 중국은 《詩經》에 보면 과부얘기가 나오는데 당시 개가는 아주 쉽게 이루어졌다. 춘추전국시기의 많은 군주들도 과부를 아내로 맞아들였다. 《管子·入國篇》에 보면 당시 많은 제후국에 남녀의 혼사를 관리하는 기구가 있었는데 바로 '合獨'을 책임졌다. 홀아비와 과부들을 새롭게 묶어 주는 것이다.

그리고 중국에서 과부가 성 갈증을 해소하는 방법은 기생이 되는 길이 있다. 명대 徐樹조가 말한 '여염'의 기녀들은 '거개가 과부들이다'고 한 것은 그간의 사정을 잘 말해 준다. 그리고 정부차원에서 재정상의 고려와 인구증장의 생육을 고려하여 과부가 기녀가 되는 것을 권장하기도 했다. 이것은 어떤 의미에서 위의 조선조에서 양반부녀자들의 기녀로의 전락을 백방으로 막은 경우와 좋은 대조를 이룬다.

한국과 중국의 고대 과부들은 이른바 발랄한 인간성과 당시 억압적인 도덕 모럴의 충돌 속에서 수절과 훼절의 성고민에 빠지게 된다. 이로부터 한국과 중국의 고대 에로스 문학에서 과부 성고민 모티프는 기본 한 양상이 된다.

한국과 중국의 과부 성고민 모티프를 근간으로 하고 있는 소설들을 보면 일단 과부의 성심리를 잘 보여 주고 있다. 과부들은 우선 성기 갈증을 나타낸다. 한국의 〈열녀함양박씨부인전〉에 보면 '大抵人之血气, 根于陰陽; 情欲, 鐘于血气; 思想, 生于幽獨; 悲傷, 因于思想. 寡婦者, 幽獨之處而傷之至也. 血气有時而旺, 則宁或寡婦而无情哉. 殘灯吊影, 獨夜難曉.'하고 중국의 《志異續篇》에 보면 과부는 '孑身獨宿, 輾轉不寐' 한다. 정욕에 불타 남 다 자는 야밤삼경에도 잠 못 이루고 엎치락뒤치락한다. 중국의 〈綉榻野史〉에서는 과부 麻씨의 처절한 실제경력과 심리활동을 통하여 과부의 입지를 지켜내겠는지 못하겠는지 하는 생존고민에 빠진다.

"依寡富守節, 起初還過的, 過了三, 四年就有些不快活. 一到春天二, 三月間, 春暖花開, 天气暖和, 又合弄的昏昏倦倦的, 只覺的身上冷一陣, 熱一陣, 腮上紅一陣, 腿里又酸一陣, 自家也不曉得, 這是思想丈夫的光景. 到了二十多歲, 年紀又小, 血气正旺, 夜間容易睡着, 也還熬得些 到了三, 四十歲, 血气干枯了, 火又容易動, 昏間夜里盖夾被, 反來夏去沒思想, 就過不了的. 到了夏間, 沐浴洗到小肚子下, 偶然挖着, 一身打震, 蚊虫聲儿嚶的把蚤又咬, 再睡不安穩. 汗流大腿縫里, 蟄的半痒不疼, 委實難過了. 到了秋天, 凉風刮起, 人家有一夫一婦的, 都關上窗儿, 作了吃些酒儿, 做些事儿偏偏自己冷冷清清, 孤孤凄凄的. 月亮照來, 又寒得緊, 促織的聲, 听得人心酸起來, 只恰得一个人摟着睡才好. 一到了冬天, 一發難過, 日里坐了對着火爐也沒法睡, 只要睡了, 冷颼颼, 盖了棉被, 里邊又冷, 外邊又薄, 身上又單, 脚后又像是冰一般, 只管把兩腿縮, 縮了才睡. 思想烘烘的睡, (思)摟了一个身上, 便是老頭也好. 思想前邊才守的几年, 后邊還有四五十年, 怎么捱到老? 有改嫁的, 体面不好, 叫人睡的, 那个人又要說出來, 人便要知道"

보다시피 이 소설에 등장하는 과부는 자기도 모르게 불타오르는 욕정에 수시로 색정적인 환영에 잠기기도 하여 어떻게 '捱到老'하겠는가고 고민에 잠긴다. 사실 한국과 중국의 과부들은 착실히 수절을 하기 위하여 갖가지 방법을 생각해 냈는데 비슷한 발상을 보이고 있다. 조선조 박지원의 〈열녀함양박씨전〉과 청조 때 淸城子가 지은 《志異續編》卷三을 보면 독수공방하는 과부가 성적 고민 때문에 잠을 잘 수 없어 동전으로 던졌다가는 줍고 하면서 스스로 피곤을 사서 외로운 밤을 지내는 정경을 보여 주고 있다. 그녀들은 자기네들의 청춘, 육체와 영혼을 이 동전에 기탁하고 있다. 여기서 《志異續編》卷三의 과부가 동전을 '守節物'이라고 했다면 〈열녀함양박씨부인전〉의 과부는 '忍

死符'라 칭하고 있다. 실로 피눈물 나는 과부들의 생활이다. '生難, 死易; 生而久, 尤難也.'[61] 그 자체다. 〈열녀함양박씨전〉에 보면,

> '母…… 出怀中銅錢一枚曰: "此有輪廓乎?" 曰: "无矣." 母垂泪, 曰: "此汝母忍死符也. 十年手摸, 磨之盡矣……. 殘灯吊影, 獨夜難曉. …… 吾出此錢而轉之, 便摸室中, 圓者善走, 遇域則止, 吾所而夏轉, 夜常五六轉, 天亦曙矣. 十年之間, 歲減其數, 十年以后, 則或五夜一轉, 或十夜一轉, 血气既衰而吾不夏轉此錢矣.'〈志異續編〉卷三에 보면
> '…… 撒錢于地聲, 明晨啓戶, 地上幷无一錢. ……枕畔出百錢, 光明如鏡, 以示子婦曰: "此助我守節物也! …… 每于人靜后, 即熄灯火, 以百錢散抛地上, 一一俯身撿拾, 一錢不得, 終不就枕, 及撿齊后, 神倦力乏, 始就寢, 則晏然矣.歷今六十余年.'

보다시피 〈열녀함양박씨부인전〉과 《志異續編》은 기본 모티프나 세부묘사에서 매우 비슷하다. 〈열녀함양박씨부인전〉이 1793년에 창작되었는데 박지원이 淸城子의 《志異續編》의 영향을 받았는지는 아직 확인되지 않고 있다. 그러나 그가 〈열하일기〉에서 청조의 금서를 언급했고, 또한 그가 청조의 통속소설에 커다란 흥취를 가지고 있는 것으로 보아 영향을 받았음직하다.

조선조의 〈遺訓-授簡書老婦垂誡〉와 중국의 〈節婦死時箋〉의 과부는 집에 놀러온 생질한테까지 애보의 정을 느끼며 '心猿難制'한다. 그래서 달려가 남자의 품에 안길까 하다가도 그만 제풀에 물앉고 마는 나약할 수밖에 없는 과부들이 등장한다면, 중국의 〈兩指題旌〉와 〈禪眞後史〉에서는 보다 대담한 과부들이 등장한다. 중국의 〈兩指題旌〉을 보면 욕정에 굶주린 과부가 대담하게 외간 남자가 있는 방으로 들어

---

61) 한국고전여성문학회 편, 「조선시대의 열녀담론」의 〈守則傳〉 327쪽, 월인도서출판사, 2002.

간다. 그러나 남자의 거절로 끝내 욕망은 실현되지 못했다. 결국 자학적인 방법으로 성 갈증을 해소한다. 제목에서 알려주다시피 과부는 자기의 두 손가락을 끊어 守節物로 삼았다. 〈禪眞後史〉에서는 耿씨 집안의 과부 濮씨가 수절을 맹세하고 있다가 누에고치가 교미하는 것을 보고는 욕정이 불타올라 외간 남자의 품에 안긴다. 그러나 남자한테 거절당하자 그녀는 性用品을 사용하거나 수음하는 방식으로 욕정을 푼다. 보다시피 〈兩指題旌〉와 〈禪眞後史〉의 과부는 도덕군자연한 못난 남자한테 사랑의 욕정이 좌절당하고 만다. 이렇게 한국과 중국의 대다수 과부들은 '空房哲學'에 따라 생활할 수밖에 없었다.62) 이른바 '空房哲學'이란 남편이 죽어 청상과부가 된 여인이 장기간의 독수공방 속에서 성에 대한 갈망이 한으로 맺힌다는 것이다. 이를테면 남편을 잃은 좌절에서 성에 대한 한 맺힘으로 나아간다는 것이다.

위에서도 잠간 보다시피 한국과 중국의 과부들은 한풀이에 신경을 많이 썼다. 과부의 한풀이를 둘러싸고 노출된 작가들의 의식성향을 보면 상당히 개방적이고 휴머니즘적인 모습을 보이기도 한다.

조선조 〈遺訓−授簡書老婦垂誡〉는 청조 沈起鳳의 《解鐸》卷九에 실린 〈節婦死時箴〉과 인물의 성씨가 다를 뿐 과부의 임종 시 정경이나 그 유언은 똑같다. 이 두 작품은 과부의 성 갈증 문제를 둘러싸고 결국 수절문제로 기울어졌지만 과부의 수절의 어려움을 역설하며 과부 수절은 '자기가 알아서 할만하면 하고 하지 못할 경우에는 웃어른께 아뢰어야 하지' 절대 '억지로 해서는 안 된다'고 한다.

그러나 전반적으로 볼 때, 과부개가문제를 비롯하여 과부의 한풀이에 있어서 중국 작가들보다 한국 작가들이 더 진보적 성향을 나타내고 있다. 주지하다시피 박지원은 '不更二夫'의 과부개가금지제도를 반

---

62) 김영동, 「연암소설의 풍자성」, 『동악어문론』, 제11집, 1978.

대했다. 〈열녀함양박씨부인전〉은 이 점을 잘 말해 준다. 이 작품에서 과부가 차마 죽지 못해 사는 '忍死符', 그리고 과부의 고충을 못 이해 하는 자식들 앞에서 동병상련의 과부고충 역설은 그 좋은 보기가 된 다. 그리고 〈호질〉에서도 박지원은 과부의 한풀이 성욕만족 그 자체 를 반대한 것은 아니다. 그는 과부가 정식으로 개가하여 행복하게 살 기를 바랐다. 그가 반대한 것은 동리자처럼 천자와 제후들로부터 그 정절이 가상하다 하여 '東里寡婦之閭'라는 책봉을 받으면서도 '각성받 이 다섯'을 두고 도덕군자연한 북곽 선생과 偸情하는 위선 그 자체 다.63) 그러나 중국 紀昀의 《閱微草堂筆記》卷五 《滦陽消夏錄》의 〈鬼 犬〉과 〈里婦新寡〉는 과부 성고민 문제를 해결하는 문제상에서 매우 보수적인 정통적인 성향을 고취하고 있다.

> "里有姜某者, 將死, 囑其婦勿嫁, 婦泣諾. 后有艷婦之色者, 以重价購爲
> 姜. 方靚妝登車, 所蓄犬忽人立怒号, 兩爪抱持嚙婦面, 裂其鼻准, 幷盲其
> 一目. 婦容旣毀, 買者委之去. 后亦更无覬覦者."

> "里婦新寡, 狂且賂鄰媼挑之. 夜入其閨, 闔扉將寢, 忽灯光綠暗, 縮小
> 如豆, 俄爆然一聲, 紅焰四射, 圓如二尺許, 人如鏡, 中現人面, 乃其故夫
> 也. 男女幷然仆榻下."

보다시피 이들 작품에서는 과부가 개가하거나 화간을 하는 데는 좋은 결과가 없다. 개한테 물려 얼굴을 상하거나 화간현장에 亡夫가 나타나 난감한 처지에 빠지기도 한다. 紀昀은 바로 '不乖於風敎', '有益 於勸懲' 하기 위해 《閱微草堂筆記》에 많은 필기소설들을 기록했다. 보

---

63) 金載秀의 「論虎叱的'東里子善守寡, 然有子五人, 各有其姓'」(광주교육대학
    초등국어교육학회, 『국어교육연구』 제10집, 1998년 8월 67쪽)을 참조하라.

다시피 그가 기준으로 내세운 것은 어디까지나 '文而載道'의 봉건적 윤리관념이었던 것이다.

상대적으로 볼 때 과부 성고민 모티프소설은 한국 쪽이 중국 쪽보다 그 양이 훨씬 적다. 이것은 아마도 과부문제를 입에 담기조차 싫어하는 한국 양반들의 도덕적 깔끔성 때문일 것이다. 그리고 〈열녀함양박씨부인전〉과 《志異續編》의 텍스트에서도 잠간 보았지만 기본 모티프나 구체적인 묘사상에서 많이 닮아 있다. 구체적인 텍스트를 좀 더 제시하면, 중국의 〈節婦死時箴〉의

'然晨風夜雨, 冷壁孤灯, 頗難禁受. 翁有表甥某, 自姑蘇來訪, 下榻外館; 我于屛后覬其貌美, 不覺心動; 夜伺翁姑熟睡, 欲往奔之. 移灯出戶, 俯首自漸. 回身夏入, 而心猿難制, 又移灯而出; 終以此事可恥, 長嘆而回. 如是者數次.' '聞灶下婢喃喃私語, 置灯桌上. 倦而假寐, 夢入外館, 某正讀書灯下, 相見各道衷曲; 已而携手入幃, 一人跌坐帳中, 首蓬面血, 拍枕大哭, 視之, 亡夫也, 大喊而醒. 時卓上灯熒熒作靑碧色, 譙樓正交三鼓, 儿索乳啼絮被中. 始而駭, 中而悲, 継而大悔; 一种儿女之情, 不知銷歸何處. 自此洗心滌慮, 始爲良家節婦. 向使灶下不過人聲, 帳中絶无惡夢, 能保得一身洁白, 不貽地下人羞哉? 因此知守寡之難, 勿勉强而行之也.'

는 조선조 무명씨의 《遺訓－授簡書老婦垂誡》와 그대로 같다. 조선조의 이런 유의 소설들이 漢文으로 되었고 또한 그것이 창작된 시기를 따져 보면 대개 중국의 동류 소설보다 후에 나왔고 또한 실제적으로 조선조의 에로스 문학작품들이 중국의 직접적인 영향을 받아 창작된 경우가 많은 사정을 감안할 때 조선조 작가들이 의식적으로 중국의 에로스 문학작품을 베꼈음을 알 수 있다. 박지원이 〈호질〉 등 소설들을 연행사로 갔을 때 중국 객사에서 우연히 베끼게 되었다고 운운한 것은 假託의 의

미도 있지만 그간의 사정을 얼마간 말해주고 있다고 할 수 있다.

끝으로 심궁에 갇힌 궁녀들의 성고민을 다루고 있는 좀 특이한 작품인 한국의 〈雲英傳〉을 좀 보도록 하자. 궁녀들은 비록 과부는 아니나 한 남성 대 많은 궁녀들이 포진하고 있는 만큼 그녀들의 성적 고민은 과부들 못지않다. 사실 궁녀들은 말 그대로 생과부인 셈이다. 그럼 아래에 〈雲英傳〉의 내용을 좀 상세히 보도록 하자.

〈雲英傳〉의 남주인공 김 진사는 운영과의 사랑을 이루지 못하고 죽은 뒤에 유영을 만나, "僕이 소년 협기를 스스로 억제치 못하고……" 운운하는데, 이것은 그들의 사랑의 단초가 육욕에 있었음을 말한다. 물론 그들의 이러한 사랑은 당대의 윤리관에 입각하여 본다면, '성정을 상하여서' 하게 되는 부도덕의 行爲로서, 그로 인해 그들은 그 사회에서 추방당하게 된다. 그러나 〈雲英傳〉이 보다 사회적 가치를 갖게 되는 것은 주인공들의 자연스러운 욕정의 발현은 인간성을 억압하는 당대 질서 및 윤리의 부당성에 대한 항의와 인간적 선언과 맥락이 닿는 데 있다. 이것은 일단 〈雲英傳〉 곳곳에 반복적으로 등장하는 궁녀들이 자신들의 신세를 자탄하거나 하소연하는 데서 가장 전형적으로 드러난다. 예컨대 자란이 운영의 사정을 듣고 위로하여 이렇게 말한다.

> 사람이 세상에 나매 귀한배 인명이오 중한 게 인륜이라, 귀천 업시 귀히 길녀 인륜을 정할배어늘 우리난 팔재 긔박하여 적막 심궁에 고독 단신이 셰월의 오며 감을 아지 못하고 한금 냉침의 차며 더우믈 깨닫지 못하니 세상 만새 부운 가튼지라. 승침고락과 길흉확복이 막비 텬명이어늘 이제 너는 헛도 이 마음을 허비하고 괴로이 심명을 사뢰 텬명을 헤아리지 아니하고 노심초사 하다가 만일 병이 골슈의 들면 부모긔 우를 깃치고 천츄에 원귀를 면치 못하리니[64]

---

64) 이상구, 상게서, 1998.

그리고 이와 어구는 다르지만 내용상으로 거의 같은 말들이 여러 차례 반복된다. 맨 처음 자란이 운영에게 사정을 물으면서 말하는 대목, 다음에 사정을 듣고 위로하는 위의 대목, 자란이 소격서 동쪽으로 놀러 가자고 궁녀들을 설득하는 대목, 운영이 진사에게 보내는 편지, 자란이 궁녀들에게 운영을 돕자고 설득하는 대목, 옥녀와 자란 등 궁녀들이 대군 앞에서 남녀성정 역설 등등은 그 보기가 되겠다. 이런 내용들을 한마디로 개괄하면 궁녀들이 청춘 꽃나이에 심궁에 묻혀서 욕정을 억제하고 살아야 하는 비극적이며 비인륜적인 자신들의 신세에 대한 자탄이다. 여기에서 그녀들은 자신들의 처지가 남녀 간의 자연지성에 어긋나는 것으로 본다. "남녀의 정욕은 음양으로 하늘로부터 품수함이라 귀천 없이 있거늘" 심궁에 있는 것은 "주군의 은애를 차마 버리지 못함이요, 주군의 위엄을 두려워함이라."고 말한다. 그들은 인간이면 누구나에게 부여된 정욕을 인위적으로 억제하는 것은 人倫에 어긋나는 것이라 본 것이다. 여기서 그들이 말하는 인륜이란, 신분의 차이를 넘어서 모든 사람에게 해당되는 스스로의 욕구를 자연스럽게 충족시켜 줄 수 있는 여건을 부여하는 인간적 삶의 원리라 할 수 있다. 그리고 궁녀들이 목숨을 걸고 안평대군 앞에서 인간성의 자연적인 발로로서의 욕정을 긍정하며 운영을 변호한 것은 이 소설의 클라이맥스를 이룬다.

이들의 이러한 주장은 궁녀라는 특수한 처지에 있는 자신들의 신분적 제약 및 그에서 연유하는 욕구만을 이야기하고 있는 듯이 보이지만, 사실은 유교적 윤리제도 아래 있는 모든 여성의 일반적인 문제를 전형화하여 표현한 것으로 볼 수 있다. 再嫁禁止에 묶여 자연스럽게 욕정을 해소하지 못하는 과부의 입장 또는 여럿의 처첩을 거느려 일방적으로 자신의 정욕만을 발산하는 남편에 대해 무력한 여염 부녀들의 입장과 이들 궁녀들의 입장은 근본적으로 동일한 것이다. 이는 〈閨怨歌〉같이 심규의 부녀자의 욕정을 노래한 내방가사들이나 청상요들의 내용과 이들의 冤情이 비슷한 내용임을 보면 알 수 있다.

이렇게 운영을 위시한 궁녀들이 인간적인 삶과 인간성의 발현인 욕정을 금압당하는 자신들의 모순적 처지를 자각하는 것은, 남성과 사대부 중심의 중세사회에서 이 이념에 의해 속박당하는 모든 계층의 모순적 처지의 자각과 동궤에 놓이는 것이라 할 수 있다. 그렇기 때문에 운영의 인간성 회복선언으로서 애정의 선택은 중세적 제도와 이념의 모순 자체에 대한 피억압계층의 인간성 회복선언과 동궤에 놓인다고 할 수 있다.

여성 등장인물들에게 있어서 애정성취가 이러한 의미를 지닌다면, 남주인공인 김 진사에게 있어서는 애정의 성취가 어떠한 의미를 지니는 것일까. 김 진사는 양반사대부로서 사대부가 지니는 특권을 누릴 수 있는 존재이기 때문에 중세의 모순이 갖는 질곡에 그렇게 심하게 얽매인 것은 아니다. 그러나 그 역시 중세적 이념이 갖는 모순을 인식하고 중세적 애정윤리를 초월하는 逸脫的 존재이다. 이러한 사대부적 세계에서의 일발적 존재로서 김 진사가 갖고 있는 세계관은 그의 詩관을 통해 드러난다.

김 진사는 안평대군이 옛적 시인 중에 누가 가장 으뜸이냐고 묻는 물음에 李白과 孟浩然, 李商隱을 든다.

　　이태백은 텬상 신선이라 옥황상데 향안젼에 있다가 현포애 노라 옥액을 진취하고 취흥을 니기지 못하여 만슈긔화를 걱고 바람을 따르고 비랄 홋터 인간에 떠러진 기상이오. 지어 노왕은 해상션인으로 일월이 출몰하며 구람이 화하고 창파을 흔드려 고래가 믈을 뿜고 셤이 창망하며 풀과 남기 회울하고 물결이 니러 꼿과 니플 니루며 물

118

> 새의 노래오 교교룡이 눈물이라 이러틋한 기상을 모도가 거두어 흉
> 듕에 감추어 이시니 시듕 도홰 무궁하니 맹호연은 일흠이 가장 높으
> 나 음뉼을 만히 익히 사람이오. 니의산은 션술을 배와 일즉이 귀신의
> 말을 조화하므로 일생 편습이 글을 지으매 무비 귀신의 말이라.65)

이렇게 그는 자신이 선호하는 시인으로 李白과 孟浩然 등을 들고,
두보는 문장으로 백체를 구비하였으나 마치 膾와 炙로써 시속 선비의
입맛에 맞게 함과 같다고 하면서, 그들을 두보에 비하면 천양지차를
나타내는 월등한 시인이라 평한다.

물론 두보를 폄하하고 이백 등을 고평하는 것 자체를 두고 김 진사
가 당대의 세계관과는 다른 세계관을 지녔다고 말하기는 어렵다. 그
러나 두보의 문장이 백체를 구비하고 비유와 홍구가 극히 정밀함을
두고 마치 膾와 炙로써 사람의 입맛을 맞추는 것과 같다고 폄하하고,
이백 등의 호방하고 수식에 얽매이지 않고 자유스럽고 초탈한 세계를
지향하는 김 진사의 세계관을 간접적으로 드러내고 있는 것이라 할
수 있을 것이다.

특히 위에 인용한 내용에서와 같이 그가 이백, 이상은, 맹호연을 평
하는 관점은 현실세계를 초월한 탈속적인 道家的 傾向에 초점을 맞춘
것이라 할 수 있다. 일반적으로 두보를 국가관이 투철한 유가적 시인
이라 한 데 대해, 이백을 낭만적인 도가풍의 경향을 나타내는 시인이
라 보는 것과 마찬가지로, 김 진사는 이백을 천상선인으로, 盧王을 해
상선인으로 그리고 이의산은 선술을 배운 사람으로 보고 고평한다.
이렇게 그는 도가적인 탈속이라는 관점을 가지고 안평대군과 달리 역
대의 시인들을 평한다. 물론 이러한 정도를 가지고 우리는 김 진사가
도가적 사상을 가졌다고 말할 수는 없을 것이다. 그러나 여기서 그가

---

65) 雲英傳, 앞의 책, p.347.

안평대군, 성삼문의 성리학적 시관과는 다른 낭만적인 시관 그리고 도가편향적 시관을 드러내고 있음은 부인할 수 없다.

여기서 우리는 조선시대를 통틀어 당대의 지배질서에서 일탈적인 경향을 보인 지식인들이 도가에의 편향을 보인 것과 김 진사의 이러한 기풍을 연결시켜 해석해 볼 수 있을 것 같다. 당대의 전형적인 성리학적 세계관 및 그것이 지배하는 당대의 현실사회에 드러나는 모순을 인식한 김 진사는 안평대군의 추구하는 탈속과는 또 다른 도가적 편향을 보이면서, 당대의 현실세계에 대해 일정한 비판적 거리를 확보하고 있었다고 해석할 수 있는 것이다.

안평대군과 성삼문이 조선중기 이후 성리학적 이념획득을 지향하는 전형적인 조선중기의 士林的 세계관을 갖는 인물이라면, 김 진사는 그러한 규범적 이상성을 벗어나, 보다 자유로운 인간성의 구가를 꿈꾸는, 사대부 내의 낭만적인 일탈적인 성격을 지닌 도가편향적 지식인이었다고 할 수 있다. 그는 인간성을 억압하는 고식적 이념에 비판적인 체제 내의 문제적인 인물인 것이다. 김 진사가 이처럼 당대의 현실적 지배질서 및 이데올로기에 거리를 두고 낭만적 기풍과 도가편향적 세계관을 가졌기 때문에, 현실세계에서의 공명을 버리고 인간의 내적 욕정의 발산을 위해 애정행각을 선택하였던 것이다.

이상에서 심궁에 갇혀 수직적인 권위에 의해 강압적으로 인간의 본능인 정을 억압당하고 있던 궁녀들은, 중세적 윤리관과 질서의 모순에 대한 직접적인 반감을 통해 인간성 해방의 선언을 하고 있으며, 특수한 계기인 운영과의 상면을 통해서 자연스러운 인정의 발현을 가로막는 중세적 윤리 및 질서의 억압을 체험한 뒤, 그러한 억압적 체제 속에서의 모든 가능성을 포기함으로써, 그에 대한 반발을 간접적으로 드러내고 있다.[66]

제3절 貞男훼절 모티프

한국과 중국은 2천여 년래 현실도덕률로 많이 작용된 유교 내지 성리학이 줄곧 상층문화를 지배해 오면서 위선적인 도학군자들을 많이 양산했다. 겉으로는 여색을 멀리하는 듯 하면서도 속으로는 누구보다도 밝히는 그런 위선을 보게 된다. 그래서 고대 에로스 문학의 기본 한 모티프가 바로 貞男 훼절 모티프가 되겠다. 이런 모티프를 가진 에로스 문학들이 일군의 소설을 이루고 있는데 일반적으로 훼절대상, 훼절획책인, 훼절실시자가 등장하고 대개 다음과 같은 모티프 전개를 보이고 있다.

a. 훼절자는 스스로 여색을 멀리하는 貞男임을 자처한다.
b. 몇 사람이 훼절을 음모한다.
c. 미인의 유혹
d. 훼절자가 자기의 성적 욕망에 놀아난다.
e. 훼절자가 폭로되고 개꼴망신을 한다.

이제 이 모티프 전개 차원에서 한국과 중국의 貞男훼절소설을 보도록 하자.

한국 貞男훼절소설로는 〈배비장전〉, 〈정향전〉, 〈종옥전〉, 〈오유란전〉, 〈지봉전〉, 〈삼선기〉 등을 대표작으로 볼 수 있다. 이런 작품들의 남주인공은 한결같이 위선적 도덕군자들로서 貞男임을 자처하면서 결국 육욕에 빠지고 마는 위선자들임을 볼 수 있다. 이들은 오히려 성에 대한 집착을 강렬하게 나타낸다. 특히 〈배비장전〉에서 배비장은

___
66) 중국의 경우를 보면 唐대 백거이의 〈上陽白發人〉이라는 장시가 궁녀들의 성적문제를 내비치고 있어 주목을 요한다.

그 대표적 인물이라 하겠다. 배비장은 소임을 맡아 색향인 제주도로 떠나게 되는데 부인이 주색에 빠져 돌아오지 못할까 걱정하자,

> 글랑은 염려 마오. '꽃다운 나이의 아름다운 여자 몸이 희고 보드라우니, 허리 사이에 있는 큰 칼(여자성기)이 지아비의 목(남자성기)을 베려 하누나, 그러나 머리가 짤려 떨어지는 것을 보질 못하였네. 어두운 가운데서 낭군을 불러 골수(정액)만 달라고 할 뿐이다'라 하였으니 계집은커녕 새로이 아해들 계간이나 하거드면 거먹쇠 아들일세. 二入佳人體似醜 腰間長劍斬愚夫 雖然不見人頭落 暗裡招骨髓求.[67]

이 대답은 여색을 가까이 하지 않겠다고 호언장담하는 배비장의 도덕적 태도와 학덕을 보여 주고 있는 듯하지만, 결국 그가 기생 애랑의 색정적인 유혹에 빠짐으로써 도저히 도덕군자라고 할 수 없는 위선적 이중성을 여지없이 드러내고 있다. 애랑과 이별하는 대목에 있어서 그는 혼이 나간 사람처럼 갖은 추태를 드러낸다. 이발까지 포함하여 애랑이 요구하는 모든 것을 챙겨 준다. 애랑이 정비장의 재물을 다 빼앗은 뒤 신체 일부까지도 요구하게 되는 장면이다. 이처럼 상류계층의 육체의 표현은 외설적인 감각을 문자로 둔화시키고 있으나, 그 모습은 적나라함은 여전히 드러나고 있는데, 그 이면에는 단순한 性戲的 요소의 차원을 넘어서 양반인 지배계층의 허울을 벗기고 서민들과의 동등 위치에 놓으려는 작가의 평등의식이 작용한다고 볼 수 있다. 다만 적나라한 섹스묘사가 어려운 한자어로 둔화되었을 뿐이다. 한국의 이런 貞男훼절 소설에서 성에 대한 표현은 세부적인 묘사보다는 추상적인 한문투 묘사를 구사함으로써 많이 둔화된 형태를 취하고 있다.

지배계층은 인간의 본능마저도 위장하여 왔다. 性은 인간성정의 진솔

---

67) 〈배비장전〉, p.147.

한 표현으로서 인간이면 누구나 성에 대한 동경과 욕구와 향락을 누릴 자격이 있다. 그럼에도 불구하고 그들은 상층의식에 기인한 은폐된 성을 한자어와 비유를 통해 풂으로써 나름대로 은밀한 즐거움을 즐긴 듯하다.

〈종옥전〉, 〈배비장전〉, 〈오유란전〉 등 양반중심의 호색물은 대리만족과 은폐성의 해학으로부터 서민 자체가 주체가 되어 성을 통한 해방감과 쾌락을 추구하고 있는데, 이것은 일반 독자들에게 보다 큰 만족감을 준다고 볼 수 있다. 물론 인간에게는 욕구지향과 도덕지향이 있다. 이처럼 양반들의 생활은 형식적 권위를 앞세운 이율배반적인 세계로 나타난다.

한국의 貞男훼절 모티프 소설을 중국의 경우와 비교해 볼 때, 훼절획책에 이용되는 여자는 거의 다 기녀신분의 여성이다. 그러나 중국의 경우는 좀 다양한 양상을 나타낸다. 이를테면 학생, 狐女, 부인 등 다양한 인물형상이 등장한다.

그리고 貞男훼절 모티프 전개 차원에서 볼 때, 한국의 경우는 기본상 위의 열거한 표준 모티프전개에 맞아 떨어지며 훼절대상, 훼절획책인, 훼절실시자가 나름대로 역할을 착착 해 나간다. 〈배비장전〉을 보면 훼절대상에 배비장, 훼절획책인에 제주목사, 훼절실시자에 기생 애랑이 등장하여 다음과 같은 모티프전개를 보인다.

a. 배비장은 스스로 여색을 멀리하는 貞男임을 자처한다.
b. 제주목사 김경이 훼절음모를 꾸민다.
c. 기생 애랑이 양가집 부녀로 가장하여 강에서 목욕하며 배비장을 유혹한다.
d. 배비장이 애랑에게 반한다.
e. 배비장의 호색성이 폭로되고 개꼴망신을 한다.
f. 배비장이 망신을 못 이겨 제주를 떠난다.

그러나 중국의 경우는, 표준적인 모티프전개에서 일탈되는 경우가 많다. 예컨대 중국의 경우는 모티프 전개에 있어서 'b. 몇 사람이 훼절을 음모한다.'가 생략되는 경우가 많다. 그리고 'c. 미인의 유혹'에 있어서' 한국의 경우는 획책자가 기녀를 찾아 유혹시키나, 중국의 경우는 훼절대상이 주동적으로 미인을 찾아 나선다. 〈閱微草堂筆記〉권16권 제34번째 이야기를 보면,

a. 어떤 훈장이 항상 예법으로 학생들을 훈계하기 좋아한다.
b. 아름다운 狐女가 등장한다.
c. 훈장이 狐女한테 반해 하룻밤 즐긴다.
d. 훈장이 다른 사람들한테 발각되어 개꼴망신을 당한다.

보다시피 여기서 훼절자인 훈장은 주동적으로 훼절자인 狐女를 찾아 나선다. 이 외에 〈유림외사〉의 30회 이야기, 〈얼해화〉, 〈요재지이〉의 〈임씨〉 등 중국 쪽의 貞男훼절 모티프를 근간으로 하는 소설들도 다다소소 기본 모티프 전개에서 파격을 가져오고 있다.

제4절 동성애 모티프

동성애, 이성애의 보완용으로 인간의 무의식 속에 도사리고 있다. 인간은 의식적으로는 이성애를 정상으로 보고 추구해 왔지만, 그것은 자기의 본연의 성에 잘 적응 못하는 사람들에게는 부담스럽고 힘겨운 것이다. 무의식 차원에서 인간들이 동성애를 추구하는 근본원인은, 바

124

로 여기에 있다. 그리고 동성애는 정상적인 이성애가 장기간 억압될 때 곧 잘 무의식적인 변태로 나타난다는 것이다. 이를테면 남자들 혹은 여자들만 있는 장기간의 집단생활에서 이런 동성애가 많이 나타난다. 보다시피 인간은 이성애뿐만 아니라 동성애도 꾸준히 해 왔다. 인간의 동성애 역사는 이성애 역사 못지않게 유구한 역사를 가진다 한다. 그럴진대 이것이 에로스 문학의 한 내용을 구성함은 매우 자연스러운 일이다.

중국의 염정소설에는 동성애에 대한 언급이 있으며 심심찮게 취급되어 왔다. 고대중국에서 동성애는 그 기원을 황제에게서 찾을 정도로 오랜 역사를 가지며,68) 동성애에 관한 기록은 중국의 고대 역사저작 속에서 어렵지 않게 찾아볼 수 있다. 무엇보다도 흥미로운 것은 기록 대부분이 동성애를 적극 비판하기 위한 입장에서 쓰인 것이 아니라 상당히 중립적이라는 점이다. 이러한 고대 중국사회의 동성애에 대한 인식을 張在舟는 '중립적 반대태도'라고 설명하기도 한다. 그는 동성애에 대해 반대하는 태도는, 주로 법률적 제재나 도덕적 책망의 형태로 드러나기는 했지만, 극단적으로 엄격하지는 않았기 때문에 비교적 관용적이었다고 말한다.69) 비판적 입장을 드러내더라도 약간의 비판적 입장, 특히 동성애 자체에 대한 불만이라기보다는 제왕의 동성애 관계로 인해서 형성되는 권력의 집중과 그로 인한 폐해에 대한 비판인 경우가 많다. 고대에서부터 명청대에 이르는 대체적인 동성애의 변화양상을 보면 초기에는 동성애가 황실을 중심으로 성행했으나 점차 문인계층 내부로, 이후에는 서민층으로까지 확대되어 갔음을 알

---

68) 『閱微草堂筆記』卷十二에 인용된 "變童始於皇帝"라는 『雜說』의 언급에 근거한다.

69) 張在舟, 『曖昧的歷程 — 中國古代同性戀史』, 鄭州, 中州古籍出版社, 2003, pp.19-22.

수 있었다.

　명청 이전의 작품 가운데 『詩經』의 詩, 魏晉時代의 詩, 宋元 戲曲 등에서 동성애를 확인할 수 있다. 일찍 先秦시기의 역사서인 《商書·伊訓》에 '三風十衍'으로 동성애를 언급한 데 이어 《左傳》, 《戰國策》에도 보이며, 司馬遷의 《史記》에서는 劉邦을 비롯한 西漢의 많은 군주들의 동성애를 보여 주고 있다. 魏晉남북조 시기 阮籍의 시에도 동성애자를 읊은 시가 있다. 그리고 明조 때 〈金甁梅〉에서 安進士와 溫秀才의 관계 및 西門慶과 書童, 王經의 관계, 金宗明과 陳經濟의 관계, 凌濛初의 단편소설집 《二拍》의 〈初刻拍案驚奇〉 권17의 知觀과 太素, 太淸의 관계, 권26의 大覺과 智圓의 관계, 大覺, 智圓과 兪門人의 관계, 兪門人과 林斷事의 관계, 민요집성인 《山歌》의 일부 작품들 등에서 다양하게 나타나고 있다. 이런 동성애 및 호모섹스를 보면 현실의 성적 상황을 전제로 한 상호 보완적인 무의식적 성적 경향을 나타내고 있다.

　그러나 여기서는 주로 동성애 자체에 대한 인식이 뚜렷해진 명청대 백화통속소설에 한정하여 동성애를 고찰해 보도록 하자. 명청대 소설 장르의 발전은 역사, 공안, 영웅, 신마, 세정 등 다양한 제재의 작품으로 나타났다. 그 가운데 주로 남녀의 애정과 일상생활을 다룬 세정소설은 당시 사회의 자유방임에 가까웠던 성풍조의 영향을 받으며 성을 보다 대담하게 다루기 시작한다. 동성애 역시 晩明時期의 縱欲풍조를 형성한 중요한 요인이었고,[70] 이 시기 탄생한 소설에 많게 혹은 적게 반영되었다. 남성동성애를 다룬 명청대 소설은 동성애를 다룬 내용이 작품 속에 차지하는 경중에 따라 크게 다음의 두 가지 부류로 나눌 수 있다. 동성애가 작품의 주요 주제가 아니라 다른 주제를 드러내기 위한 보조적 장치로써 사용된 경우와 본격적인 작품의 주제로써 다루

---

70) 吳存存, 『明淸社會性愛風氣』, 北京: 人民文學出版社, 2000, p.114.

어진 경우가 그것인데, 여기서는 해당하는 주요 작품의 내용을 간단히 소개한다.

〈肉蒲團〉의 동성애는 주로 주인공 未央生에 집중되어 있다. 미앙생은 자신의 성기가 短小해서 외간 여인네를 만족시키지 못할까 두려워 확장수술을 감행한 후 갑자기 淫心이 동해서 가까이 있던 하인 書筒와 劍鞘를 여자로 여기고 관계한다. 〈肉蒲團〉에서 동성애는 서사를 이끌어가는 주요 동인으로 된다. 주인공이 동성애자인 소설을 말한다면 명대 天啓年間에 나온 〈童婉爭奇〉는 그 대표적인 소설이 되겠다.71) 동성애가 성행하면서 번화해진 南院 長春苑을 배경으로 한 이 작품의 출현은 당시 동성애가 상당히 일상적인 성생활 중의 하나로 용인되어 가고 있음을 보여 준다. 이후 崇禎年間에는 보다 성숙하게 동성애를 다룬 〈龍陽逸史〉, 〈弁而釵〉, 〈宣春香質〉이 등장하는데 이러한 작품들은 본격적인 동성애소설이라고 부를 만하다.

〈龍陽逸史〉는 日本 佐伯文庫에 전하며 전20회로 구성되어 있고, 작가로 京江醉竹居士라는 이름이 서명되어 있다. 龍陽군의 이름에서 유래한 동성애 호칭인 용양을 제목으로 삼고 있는 데서 짐작할 수 있듯이, 명대 '小官'이라고 불리던 동성애 관계에서 보수를 받고 피동적 역할을 담당했던 소년들의 이야기이다. 대개 미천한 신분이었던 소관들은 고객과 主僕관계를 맺어 남의 집 하인으로 들어가거나, 공개적인 기원이라고 할 수 있는 南院에서 賣淫을 하기도 했다. 〈龍陽逸史〉는 바로 이러한 소관들의 생활면모와 당시 동성애를 즐기던 사람들의 동성애에 대한 인식이 반영되어 있다. 가난한 집안형편으로 소관이 된 소년들의 불행한 결말, 남성임에도 오락의 대상으로서의 복종과 굴종으로 상징되는 여성적 역할을 해야 했던, 남성도 아니고 여성도

---

71) 吳存存, 상계서, p.136.

아닌 제3자로서의 고달픈 삶과 동성애에 대한 당시 사회의 이중적 시선 등이 묘사되어 있다.

뿐만 아니라 〈弁而釵〉는 4집 20회로 구성되어 있고 醉西湖心月主人이라는 이름이 서명되어 있다. 集名은 情貞, 情俠, 情烈, 情奇이며, 각각 5회씩 구성되어 있다. 4개의 集名에서 모두 '情'을 사용하고 있는 데서 작가는 동성애도 '情'의 범주 안에 포함시키고자 했음을 알 수 있다. 당시 사회에 존재하는 다양한 동성애관계, 이를테면 친구, 同窓, 主僕, 師生 간의 동성애 이야기가 수록되어 있으며 이 가운데에는 자못 감동적인 것이 적지 않다. 동성애관계인 두 사람 간에 이루어지는 사랑의 고백과 맹세, 상대방의 死後에도 이어지는 양육과 수절 등에서 작가가 동성애를 성의 유희가 아니라 진정한 감정으로 받아들이고 있음을 짐작게 한다.

〈宣春香質〉는 〈弁而釵〉와 체재와 풍격이 거의 일치하여 동일한 작가의 작품으로 추정된다. 〈弁而釵〉와 마찬가지로 4집 20회로 이루어져 있으며, 風, 花, 雪, 月을 集名으로 했는데, 매 集마다 한 小官의 일생이 5회 분량으로 서술된다. 비천한 집안 출신이나 재색을 겸비한 미소년이었던 소관이 學塾, 私塾에서 문인들과 동성애관계를 갖는 과정, 혼란한 사회변동에 얽힌 곡절 많은 삶이 묘사되는데 어떤 이야기는 前生과 後生으로 이어지기도 한다.

동성애를 부분적으로 묘사한 상당수 명청 소설에서는 대개 작중인물의 음란성을 강조하기 위해 동성애를 이용하는 경우가 많다. 예를 들어 〈肉蒲團〉 제8회에서 미앙생이 성기확장수술을 받은 후 갑자기 음심이 동해서 곁에 있던 남자 하인과 관계한다든가, 〈金甁梅〉의 淫夫들이 여색과 남색을 가리지 않는 것으로 묘사한 것은, 모두 작가들이 동성애 행위를 주인공의 음란성을 드러내는 차원에서 비판적으로

128

접근하고 있음을 드러낸다. 이 외에 《二刻拍案驚奇》 권34의 任君用과 楊太尉의 관계, 筑玉부인과 시비 如霞의 관계 및 《二拍》에서 이성간 의 접촉이 두절된 절의 스님들 사이 그리고 깊은 후원에 애꿎게 갇혀 있는 고관대작들의 애첩과 시비들 사이에 일어난 동성애 및 호모섹스 도 한 보기가 되겠다.

이상 놓고 볼 때, 중국 고대문학에 있어서 동성애 모티프는 하나의 문학적 전통을 이루어 왔다고 할 수 있다.[72]

그러나 한국의 경우를 보면 좀 한산한 편이다. 한국 고대왕실, 이를 테면 신라 때 원화, 화랑제도에서 보게 되는 미소녀, 미소년 선호 취향, 그리고 고려조 공민왕 때에 이른바 '가시나'의 어원이기도 하다는 假戱男들로 대변되는 미소년들—'비역', '男色'의 출현은 실제생활에 서의 동성애적인 편린들을 추적할 수 있으나 문학에서는 거의 볼 수 없다. 단지 판소리계 소설 〈적벽가〉에서 성 기갈의 해소방식으로 남 자 병사들 사이에 벌어진 호모섹스가 잠간 나타날 뿐이다.

그럼 아래 판소리계 소설 〈적벽가〉의 해당 장면을 보도록 하자.

　　"죠총수 흐눈감이." "예." 저 놈은 들어오며 황문에 손 밧치고 울면
서 흐눈 말이, "애고 똥구멍이야." 조조 불너, "네 이놈, 알을 데가 오
직 만하 똥구멍은 웨 알눈야?" 져 놈이 답답흐되, "적벽강서 아니 죽
고 오림으로 도망더니 한 장수 좃츠와셔 내 벙치 썩 벽기고 내 상토
썩 잡우며, 어허 그 놈 어엿부다. 죽이즈 흐엿더 니 중동 해쇼 시켜
볼가. 갈대슘 김푼 대로 끄을고 들어가셔 업질으며 흐눈 말이, 젼쟁에
나온 계가 여러 해 되야기로 양각 슌중 쥬장군이 춤 것 맛을 못 보와
셔 밤눗으로 홰를 내니 옥문관은 구지부득, 너 지닌 황문관에 얼요구
시겨 보즈. 춤도 안 바르고 생째로 쑥 듸미니. 생눈이 곳 숏눈듸 빗살

---

72) 최근에 장예모가 감독한 영화 〈패왕별희〉도 동성애를 다루고 있는데, 새
　　중국에 있어서 전통적인 동성애 모티프의 대두로 볼 수 있다.

이 꼿꼿ㅎ야 두 주먹 아득 쥐고 압이를 뽀득 갈아 빈생반ㅅ 막 견듸니, 그 엽페셔 굿보ᄂ 놈 거름 ᄎ레 달여들어 일곱놈을 칠엿 더니, 황문 웃시욱(울) 망건 당줄 졸은 것이 뚝 끊어져 벌어지니 배 속까지 훤 ㅎ여서 걸임새가 아죠 업셔 그리 해도 그 졍으로 총은 아니 빼셔 가고 엽페다 노와끠에 근신이 졍신 차려 윈몸을 주무르고 총대 집고 일어셔셔 일보일계 오옵ᄂ다 졔일에 극난흔게 밥 먹어도 그대로 물 먹어도 그대로 쉬지 안코 곳 나오니 밧 게셔ᄂ 못 막아서 안으로 막어볼가, 포수에게 셕량 밧고 총을 팔아 황육 사서 죵ᄌ 만끔 떠여 너도 수루루 도로 나와 즁억만끔 목침만끔 아무리 떠여 너도 도로만 곳 나오니 엇디 ㅎ여 살 슈 잇쇼?" 조조 또의ᄉ 내여, "쇠살을 가지고셔 ᄉ람 살을 띄려거든 암만 흔들 될 커시냐. 길가에 싸인 송장 ᄉ람 살을 버여다가 챡실이 막어보라."(〈적벽가〉, 500~502페이지)

포로된 조조의 병사가 상대 군사들에게 호모섹스적인 집단 성폭행을 당한 장면을 리얼리티하게 보여 주고 있다. 이것은 군이라는 남자들만의 세계, 특히 전쟁이라는 극단적인 상황에서 쉽게 있을 수 있는 동성애적 경향의 한 변칙으로 나타난 것이다. 그런데 〈적벽가〉에서 이것은 비극적이기보다는 군사점고라는 엄숙한 장면, 그리고 조조와 군사 사이의 희극적인 문답이라는 逆差 속에서 희극적으로 보여 주고 있어 '성폭행'보다는 '性戱' 같은 감을 주기도 한다.

그럼 중국과 한국의 동성애의 문학적 표현을 둘러싸고 나타난 이러한 차이점은 어떻게 이해해야 하겠는가? 다른 많은 원인도 있겠지만 한마디로 말하면, 중국인은 '중립적 반대태도' 등보다 유연한 태도를 나타낸 데 반해, 한국인은 동성애를 전적으로 변태로 보아온 보다 근엄한 도덕성에서 찾아야 할 줄로 안다.

제6장 결 론

이상 한국과 중국의 고대에로스 문학을 개괄해 보면 양국은 많은 비슷한 양상을 드러냄을 알 수 있다. 그것은 일단 성이라는 것이 동서고금을 막론하고 가장 변화가 적은 인류보편성을 띤 가장 기본적인 인간성의 발로에 다름 아니기 때문이다. 이른바 '人同此身, 心亦同矣'가 바로 그것을 말해준다.

본고는 한국과 중국의 고대에로스 문학 연구에 있어서 비교연구의 한 시도에 불과하다. 그리고 구체적 분석에 있어서 현상학적 나열에 머물고 단일한 시각에 국한된 부족점을 드러내고 있는 줄로 안다.

끝으로 자료 및 편폭상 제한으로 본고에서 홀시한 한국과 중국의 고대에로스 문학 연구에 있어서 역사적 맥락에 따른 사적 비교연구가 더 없이 좋은 연구테마가 될 것임을 지적하면서 본고를 마치도록 한다.

참고문헌

김태길, 『小說文學에 나타난 韓國人의 価値觀』, 일지사 1977.
조동일, 『한국문학통사』(개정판, 1-5)1, 지식산업사 1989.
『조선문학사』(전15권)1, 사회과학출판사 1991.
박일용, 『조선시대의 애정소설』, 집문당 1993.

참고자료

기본자료

《明代小說集刊》第2集, 成都: 巴蜀書社.

구인환, 《彰善感義錄》, 신원문화사, 2002.

김기동, 전규태, 《洞仙記, 배시황전, 옥소기연》, 1994.

김현룡 감수, 김종군 역, 《중국 전기소설집》, 박이정, 2005.

이상구, 《17세기 애정전기소설》, 월인, 1999.

일 연, 이민수 역: 〈三国遺事·智哲老王〉, 을유문화사 1991.

정학성, 《17세기 한문소설집》, 삼경문화사, 2000.

최용철 역, 《전등삼종》하, 소명출판, 2005.

허문섭 역, 《백학선전》상, 하, 학문사, 1994.

중 국

康正果, 『重審風雨鑒: 性與中國古代文學』, 遼寧人民出版社, 1998.

孔另境, 『中國小說史料』, 上海古籍出版社, 1982.

金寬雄, 『韓國古小說史稿(上卷)』, 延邊大學出版社, 1998.

김병민·김관웅: 『朝鮮文學의 발전과 중국문학』, 延邊大學出版社, 第2
　　　　版, 2003.

董家遵, 「從漢到宋寡婦再嫁習俗考」, 『中國婦女史論集』, 臺北: 稻鄉出
　　　　版社, 1988.

魯 迅, 『中國小說史略』, 華正書局, 1990.

魯 迅, 『韓國小說的歷史的變遷』, 中流出版社, 1973.

劉廷璣, 『在園雜志』卷一.

林 尹, 『中國學術思想大綱』, 國民出版社, 臺北, 1960.

閔 濟, 「對校春香傳」, 同和出版公社, 1976.

閔寬東, 『中國古典小說在韓國之傳播』, 學林出版社, 1998.

潘知常, 「明末淸初才子佳人小說的美學風貌」, 『社會科學輯刊』, 1986, 6.

薛碧松, 「才子佳人小說的進步意義和消極意義」, 『明淸小說論叢』 第1輯, 春風文藝出版社, 1984.

蕭相愷, 『珍本禁毁小說大觀』, 中州古籍出版社, 1992.

孫琴安, 『性文學十講』, 中國 重慶出版社, 2001.

宋栢年, 『中國古典文學在國外』, 北京語言學院出版社, 1994.

宋眞榮, 『明淸世情小說的敍事特質硏究』, 北京大博士論文, 1995.

吳存存, 『明淸社會性愛風氣』, 北京: 人民文學出版社, 2000.

王利器, 『元明淸三代禁毁小說戲曲史料』, 上海古籍出版社, 1981.

王晶卉, 『才子佳人小說硏究』, 南京大學碩士學位論文, 1999.

于天池, 「효의 설월매」, 北京師範大學出版社, 1993.

劉坎龍, 「才子佳人小說類型硏究」, 『新疆師範大學學報』, 1994, 3.

劉達臨, 『中國古代性文化』, 寧出人民夏版社, 1993.

劉達臨, 『中國古代性文化』, 銀州: 寧夏人民出版社, 1993.

李 騫, 「試論才子佳人派小說」, 『明淸小說論叢』第1輯, 春風文藝出版社, 1984.

李 花, 「明淸時期中朝小說中的婚戀比較硏究」, 延邊大學博士論文, 2005.

李夢生, 《中國禁毁小說百話》, 上海古籍出版社, 1994.

李心年, 『名人談性』, 中州古籍出版社, 1993

李春林, 『大團圓』, 北京: 國際文化出版公司, 1988.

이해산의, 「〈구지가〉에 대한 고찰」, 『조선언어문학론문집』, 조선언어 문학연구소 편, 연변대학출판사, 1988.

張在舟, 『曖昧的歷程 — 中國古代同性戀史』, 鄭州, 中州古籍出版社, 2003.

張朝暉, 『서방예술과 성문화』, 中國學林出版社, 2002

周建渝, 『才子佳人小說硏究』, 北京社會科學院博士論文, 1990.

周安托, 『秘劇圖大觀』, 臺北: 金楓出版有限公司.

向 楷, 『世情小說發展史』, 浙江古籍出版社, 1998.

허휘훈·채미화, 『조선문학사 — 고대중세부분』, 延邊大學出版社, 1998.

한 국

1) 단행본

Aristle. Gerald F. Else, Poetics, Michigan University Press, 1967.

권혁래, 『조선 후기 역사소설의 성격』, 박이정, 2000.

金炳傑, 『文學과 社會意識』, 創文閣, 서울, 1979.

김기동, 『韓國古典小說研究』, 교학연구사, 1983.

김정숙, 『조선후기 재자가인소설과 통속적 한문소설』, 보고사, 2005.

박일용, 「조선시대의 애정소설 — 사실과 낭만의 소설사적 전개양상 —」
　　　1993. 8.

박태상, 『조선조애정소설연구』, 태학사, 1996.

白 浣, 「조선시대 애정소설의 시간구조 연구」, 건국대 박사학위논문, 1999.

성현경, 「19세기 조선인의 소설관」, 『한국소설의 구조와 실상』, 영남
　　　대출판, 1981.

신양선, 『조선후기 서지사 연구』, 혜안, 1996.

윤호병, 『비교문학』, 서울, 민음사, 1994.

이가원, 『燕岩小說研究』, 乙酉文化社, 1965.

이상익, 『한중소설의 비교문학적 연구』, 서울, 삼영사, 1983.

이종철, 『韓國의 성숭배문화』, 민속원, 2003.

장효현, 『韓國古典小說史 研究』, 고려대학교, 2002.

전백찬, 이진복·김진옥 역, 『중국전사』하, 학민사, 1990.

정병욱, 『한국 고전시가본』, 1982.

정종대, 『염정소설구조연구』, 계명문화사, 1990.

정주동, 『古代小說論』, 螢雪出版社, 1986.

조동일, 『한국문학통사』3권, 지식산업사, 1984.

조윤제, 『韓國文學史』, 探究堂, 1979.

죠르쥬 바따이유·조한경 옮김, 『에로티즘』, 서울: 민음사, 1991.

주왕산, 『조선고대소설사』, 정음사, 1931.

홍만종, 〈순오지〉, 《홍만종전집》상, 1986.

2) 학위논문

강미선, 「한·중 고전소설의 비교연구 —중국재자가인소설과 17세기 한글소설을 중심으로 —」, 가톨릭대 석사학위논문, 2004.

강상순, 「구운몽의 상상적 형식과 욕망에 대한 연구」, 고려대 박사학위논문, 1999.

김낙철, 「당 전기 애정소설의 구조연구」, 성균관대 박사학위논문, 1997.

김대현, 「17세기 소설사의 한 연구」, 성균관대 박사학위논문, 1992.

김명신, 「淸代 俠義愛情小說의 硏究」, 고려대 박사학위논문, 2000.

김정숙, 「조선후기 재자가인소설 연구」, 고려대 박사학위논문, 2004.

林甲娘, 「조선후기 애정소설 연구」, 계명대 박사학위논문, 1992.

白 浣, 「조선시대 애정소설의 시간구조 연구」, 건국대 박사학위논문, 1999.

이정완, 「조선조 애정 전기소설의 소설시학 연구」, 서강대 박사학위논문, 2003.

이창헌, 「고전소설의 혼사장애구조와 유형에 관한 연구」, 서울대 석사학위논문, 1987.

정종대, 「염정소설의 구조분석」, 고려대 박사논문, 1989.

정환국, 「17세기 애정류 한문소설 연구」, 성균관대 박사학위논문, 2000.
肖偉山, 「중국 재자가인소설과 한국 애정소설의 비교 연구」, 서울대
　　　석사학위논문, 2003.

3) 일반논문

강상순, 「〈구운몽〉과 17세기 장편 소설의 정신분석」, 『배달말』27, 배
　　　달말학회, 2000.
고영진, 「17세기 전반 남인학자의 사상」, 『역사와 현실』8호, 한국역사
　　　연구회, 1992.
권도경, 「〈洞仙記〉 연구」, 『이화어문논집』18, 이화여대, 2000.
金敏鎬, 「敦煌藏經洞의 閉鎖時期에 관한 考察」, 『中國語文研究』, 중국
　　　어문연구회, 제8집, 1995.
金載秀, 「論虎叱的'東里子善守寡, 然有子五人, 各有其姓'」(광주교육대
　　　학초등국어교육학회, 『국어교육연구』 제10집, 1998년.
김동욱, 「許筠과 女性」, 『亞細亞女性研究』, 제6집, 淑大, 1968
김영동, 「연암소설의 풍자성」, 『동악어문론』, 제11집, 1978.
김영진, 「18세기 말 서울 명청서적 유통 실태 ―〈흠영〉을 중심으로」,
　　　『2004년 한국문화연구원 학술대회 ―17, 18세기 동아시아의 독
　　　서문화와 문화변동』, 이화여대 한국문화연구원, 2004.
김용숙, 「고소설에 나타난 애정관」, 『아시아여성연구』제3집, 숙명여대
　　　아시아여성연구소, 1974.
김정숙, 「〈洛東野言〉 소재 소설에 대한 일고찰 ―조선후기 재자가인
　　　소설의 관점에서」, 『고소설연구』17, 한국고소설학회, 2004.
김정숙, 「〈白云仙翫春結緣錄〉의 통속적 연구 ―재자가인소설과 관련
　　　하여 ―」, 『어문논집』49, 민족어문학회, 2004.

박영희, 「〈17세기 재자가인 소설의 수용과 영향―〈호구전〉을 중심으로」, 『한국고전연구』4집, 1998.

박일용, 「명혼소설의 낭만적 경향성과 그 소설사적 의미」, 『관악어문연구』17, 서울대 국문과, 1992.

성현경, 「19세기 조선인의 소설관」, 『한국소설의 구조와 실상』, 영남대출판, 1981.

송병국, 「명대 백화소설의 전이과정」, 『청파서남춘교수정년퇴임기념국어국문학논집』, 경운출판사, 1990.

송성욱, 「17세기 중국소설의 번역과 우리소설과의 관계」, 『한국고전연구』7, 한국고전연구학회, 2001.

송성욱, 「명말청초 소설의 번안과 한국소설―장편소설을 중심으로」, 한국고소설학회 하계국제학술대회 발표문, 중국연변과기대, 2001.

송진영, 「명청 통속문화의 두 얼굴―통속소설과 권선서」, 『중국어문학지』5, 중국어문학회, 2003.

송진영, 「명청대 세정소설의 서사특질에 관한 연구」, 『중국어문학지』5, 중국어문학회, 1998.

송진영, 「재자가인소설론」, 『연애소설이란 무엇인가』, 서울, 국학자료원, 1998.

윤세순, 「〈紅白花傳〉을 통해 본 애정전기의 이행기적 양상」, 『한문학복』제2집, 우리한문학회, 2000.

윤채근, 「〈周生傳〉과 〈절화기담〉의 사랑의 방식」, 제19회 한국문학연구소 발표회, 고려대 한국문학연구소, 2003.

이명선, 「조선연문학의 최고봉 변강쇠가」, 『신천지성』4권6호, 서울신문사, 1949.

이주영, 「〈구운몽〉에 나타난 욕망의 문제」, 『고소설연구』13, 한국고소설학회, 2002.

이혜순, 「〈好逑傳〉연구」, 『이화논총』30집, 이화여대 한국문화연구원, 1997.

이혜순, 「한중소설의 비교문학」, 화경고전문학연구회 편 『고전소설연구』, 서울, 일지사, 1997.

장효현, 「동아시아 한문소설과 자국어소설의 관계」, 『민족문화연구』35, 고려대 민족문화연구원, 2001.

장효현, 「한국 고전소설 비교 연구의 현황과 전망 ─ 중국소설의 영향을 중심으로」, 『고전문학연구』, 1991.

전성운, 「〈구운몽〉의 창작과 明末淸初 艶情小說」, 『고소설연구』12집, 2001.

정옥근, 「조선시대 중국 명청소설 '5대기서'의 전파와 영향」, 『중어중문학』제25집, 한국중어중문학회, 1999.

정환국, 「16-17세기 동아시아 전란과 애정전기」, 『민족문학사연구』, 18, 민족문학사학회, 1999.

정환국, 「17세기 초 소설에 미친 원명전기소설의 영향에 대하여 ─ 주로 구조적인 측면을 중심으로」, 『한문학보』1, 우리문학학회, 1999.

조희웅, 「〈숙향전〉형성연대 재고」, 『고전문학연구』12, 한국고전문학회, 1997.

최봉원, 「재자가인소설의 혼인관 ─ 천화장주인 소설을 중심으로」, 『대동문화연구』32, 성균관대, 1998. 12.

최수경, 「명말청초 소설형태의 변화 ─ 중편을 중심으로」, 『중국소설논총』12, 2000. 10.

최수경, 「재자가인유소설 유형연구」, 한국중국소설학회편 『중국소설논총』11, 2000. 2.

최용철, 「中國禁毁小說在韓國的流轉」, 제3기 국제금병매학술토론회 발표논문, 중국대동, 1997.

제 2 부

조선 고대애정시가 일고찰

1. 머리말

조선고대 애정시가론이라 했다가 좀 거창한 감이 들어 조선고대애
정시가 일별이라고 했다. 조선고대시가에 있어서 애정시가는 워낙 좀
한산하다. 그것은 우선 너무나도 단편적이어서 그 무슨 작품군도 운운
하기 힘들거니와 사적인 맥락도 보기 힘들다. 원시 종교의식적 행사를
진행하든 어떻든 간에 술과 노래, 춤을 좋아하며 쩍 하면 남녀가 한데
어울려 돌아가며 조선원시고대종족들에게 있어서 사랑의 로맨스, 사랑
의 노래도 적지 않으련만 그것들은 이미 볼 수 없는 것으로 되고 말
았다. 하여 이제 조선고대시가에서의 최초의 애정시가는 고조선 여옥
의 작으로 되어 있는 〈공후인〉으로 보게 되는 것이다. 다음 삼국시기
에 들어서서는 백제의 〈정읍사〉, 고구려의 〈황조가〉, 신라의 〈서동요〉
에서 그 편린을 볼 수 있는 것이 고작이다. 그다음 통일신라시기에 들
어서서는 편력가인이 지은 듯한 〈처용가〉가 있을 뿐이며 고려시기에
들어서서는 기녀들을 주로 한 여인들의 일부 시와 그 말기에 와서 평
민시조시인들의 일부 사설시조에서 엿볼 수 있을 따름이다.

2. 조선 고대애정시가의 형성

유구한 역사를 자랑하고 다정다감한 정감적인 민족으로 일컬어지는
우리 조선민족이 가물에 콩 나듯 이렇게 한산하게 애정시가유산을 남
겼다는 것은 너무나도 역리적이며 섭섭한 일이다.

사실 조선고대민족들은 많은 애정시가를 창작했을 것이다. 그러나
조선고대민족들은 우선, 오랫동안 자기 고유의 문자를 갖고 있지 못했
던 만큼 그 애정시가들은 구구 전승하는 가운데서 많이 소실되고 그

일부만이 〈아리랑〉과 같은 고전적 민요로 남게 되었을 것이다. 다음 조선고대민족들은 일찍 漢文字를 자기의 서사수단으로 삼았고 그것으로 애정시가들을 창작하고 기록했을 것이지만 그 끊임없는 내우외환의 다난한 민족사 때문에 온전히 보존될 수가 없었을 것이다. 그리고 漢文字로 창작하고 기록했다고 할진대 그 주역은 어디까지나 남녀칠세부동석의 유교적인 사대부들이 아니면 금욕주의적인 불교승려들인 만큼 진정한 남녀간의 사랑의 로맨스는 많이 거세되거나 순화되고 왜곡된 사이비한 애정시가들만이 모조되고 실렸을 것이다. 조선고대의 고전문헌인 고려시기에 연이어 편찬된 유학자 김부식의 〈삼국사기〉와 승 일연의 〈삼국유사〉를 보는 것만으로도 그간의 사정을 족히 알 수 있다. 그리고 조선조시기에 들어와 존천리멸인욕(存天理滅人欲)하는 유교성리학이 사회지도이념으로 되면서 소위 구악정리라 하여 세종, 성종, 중종! 대에 남녀의 애정을 제재로 한 시가들을 모두 난도질했는데 고려속요도 여기서 예외로 될 수 없었다. 이를테면 세종대에는 〈후진작(後眞勺)〉이 음사(淫詞)로 말썽이 되었고 성종대에는 〈서경별곡〉이 〈속악(俗樂)〉으로서 문제가 되어 〈후정화(後庭花)〉로 취급되어 〈만전춘(滿殿春)〉이 '비리지사(鄙俚之詞)'라고 배척되었고 〈쌍화점〉, 〈여상곡〉, 〈북전가〉 등이 '음사지사(淫祀之詞)'라고 개찬(改撰)되었고 중종대에는 여러 악장(樂章) 가운데서 '어섭음란(語涉淫亂)'한 것을 '개진(改進)'하게 하였다고 기록되어 있는 것으로 보아 많은 고려애정시가가 대부분이 없어지고 아직 남아 있는 것도 본연의 그 면모를 볼 수 없을 만큼 많이 '개필(改筆)'되었음을 짐작할 수 있다.

　우리가 지금 볼 수 있는 몇 편밖에 안 되는 고려속요 속에 그 사랑을 읊은 시가가 그 본연의 면모를 볼 수 없을 만큼 그렇게 많이 개필되었음에도 불구하고 조선조사대부들에게 줄곧 '남녀상열지사(男女相

悅之詞)'니 '음사(淫詞)'니 '망탄(妄誕)'이니 뭐니 하며 지탄되어 왔다. 정말 조선의 유학자들은 남녀간의 진정한 사랑을 모르고 살았다 해도 과언이 아니다. 유학자 사대부들의 그 근엄한 생활자세는 워낙 남녀간의 본연적인 진정한 사랑을 주고받을 수 없었다. 그들은 다만 끊을 줄 모르고 송강 정철식의 연군지사(戀君之詞)만 불렀던 것이다. 전반 유학자 사대부들을 훑어보건대 우리는 근근이 최치원, 이규보, 김시습, 임제, 허균 등 극소수의 멋쟁이 사나이들을 찾아볼 수 있을 따름이다. 이제 그 보기로 유명한 기류여류(妓流女流) 시인 황진이와의 로맨스 속에서 엮어진 임제의 시조 한 수를 보기로 하자. '청초 우거진 곳에 자난다 누웠난다/홍안은 어디 두고 백골만 묻혔난다/잔 잡고 권할 이 없으니 그를 슬퍼하노라.' 연연한 정을 못 이겨 임의 무덤 앞에까지 찾아와 눈물로 사랑을 술회하는 너무나도 인간적인 진실한 애정시다.

이들 이단광객들의 애정시가도 애정시가로서 멋이 있겠지만 그래도 조선의 고대애정시가는 어디까지나 평민들의 작품에서 그 본격적인 개화(開花)를 보게 된다. 그 전형적인 보기로 고려속요 속의 애정시가를 들 수 있다. 고려속요는 위에서 보아온 바와 같이 대개 고려시기 평민들에 의해 창작되어 구구 전승되어 오다가 조선조시기에 들어와 비로소 문자화로 정립된 줄로 안다. 이로부터 볼 때 고려속요는 고대 조선민족의 집단적인 무의식의 결정체임을 알 수 있다. 고려속요가 제아무리 유학자들에 의해 가필되었을지라도 우리는 이것이 그 자체로 될 수 있는 속요적인 특성을 포착할 수 있는데 이것이 고대조선민족의 집단적인 무의식의 결정체임은 더 말할 것도 없다.

그럼 아래에 우리는 고려속요 속의 애정시가를 통해 고대조선민족의 집단적인 무의식 특징을 살펴보도록 하자.

3. 애정시가의 무의식 특징

우리가 고려속요 속의 애정시가를 대할 때 제일 인상 깊게 느껴지는 것은 그것이 다 사랑의 비가를 엮고 있다는 데 있다. 이를테면 대개 다 사랑의 이별가, 사모가들인 것이다. 〈서경별곡〉, 〈가시리〉는 님과의 이별의 정한(情恨), 〈동동〉은 떠나간 임을 못내 그리워하는 사모의 정한을 읊고 있다. 그리고 〈정석가〉와 같은 데서는 '삭삭기 셰몰 애별혜 나/……/구은 밤 닷되를 심고이다/그 바미 우미도다 삭나거시야/……/有德신 님여와지이다'와 같이 절대 불가능한 상황의 실현을 전제로 해놓고 이별 없는 항구적인 사랑을 꿈꾸었을진대 역설적으로 그들의 그 어떤 말할 수 없는 비극적 속에 잠겨 있는 사랑을 느끼게 한다. 이 밖에 고려속요의 애정시가에는 다른 의미에서의 사랑의 비가 그리고 타락하고 퇴폐적인 사랑을 나타낸 〈쌍화점〉, 〈만전춘별사〉, 〈여상곡〉 등이 있다. 한마디로 말하여 고려속요의 애정시가는 임의 부재, 사랑의 부재의 정한을 엮고 있다. 사실 이 임의 부재, 사랑의 부재의 정한은 고려속요의 애정시가에만 국한된 것이 아니다. 그것은 조선고대애정시가의 기본 콤플렉스로 된다. 조선고대의! 최초의 애정시가 〈공후인〉을 보건대 그것은 임과의 사별을 읊었으며 〈황조가〉와 같은 고구려의 제2대 유리왕이 지었다는 노래에서조치도 '……/나만 홀로 짝 없으니/뉘와 함께 돌아갈꼬' 하는 홀로된 비애의 감정을 토로하고 있다.

조선고대애정시가의 이런 비극적 콤플렉스는 조선조시기에 들어와 그 비원(悲願)에 가득한 기녀들의 시를 비롯하여 규원(閨怨)을 노래한 규방부녀자들의 시에 관통된다.

위에서 언급된 그 유명한 송도 기생 황진이의 오직 여자들만이 할

144

수 있는 그 기발한 상상, 섬세한 서정적 흐름 속에 가득 깃든 그 비원을 보기로 하자. '冬至ㅅ달 기나긴 밤을 한 허리를 둘에 내여/春風 이불 아래 서리서리 넣었다가/얼은 님 오신 날 밤이어든 굽이굽이 펴리라' 항상 외롭기만 한, 그래서 임이 오기를 바라는 그리고 임이 와서는 길이길이 떠나지 말기를 바라는 시적 자아가 한눈에 안겨온다. 황진이의 시조는 여섯 편밖에 남아 있지 않는데 '綠水도 靑山 못 잊어 울어 녀어 가는고', '보내고 그리는 情은 나도 몰라 하노라', '秋風에 지는 잎 소리야 낸들 어이하리오' 등으로 그 종장들에서도 알 수 있다시피 대개 다 비련을 읊고 있다. 이 외에도 임제와 서로 〈한우(寒雨)가〉로 로맨스를 엮었던 寒雨 및 李梅窓 등 유명한 기생들의 애정시가가 있는데 이들 시가도 마찬가지로 비련을 읊고 있다.

閨怨의 애정시가를 보아도 역시 마찬가지다. 그럼 閨怨의 화신 — 허난설헌의 시조 한 수를 보도록 하자. '가을 다한 다란엔 병풍도 비었어라/서리찬 갈밭엔 기러기 깃드는데/한 곡조 들못가엔 연꽃만이 져가누나' 보다시피 이 시조에서는 연꽃처럼 쓸쓸히 져가는 임 없는 독수공방의 자기의 신세를 한탄하고 있다. 이 외에 이옥봉의 〈별한(別恨)〉 등 일련의 규원시가가 있는데 이런 시들도 다 허난설헌의 규원시와 기본 콤플렉스에 있어서 대동소이하다.

이상 보다시피 조선고대애정시가는 사랑의 정한을 그 기본 콤플렉스로 하고 있음을 알 수 있다. 이는 그 애정시가들의 어휘사용 특징에서도 나타나 있는바 그것은 어디까지나 부정적인 어두운 죽음의 그늘이 진한 것들이다. 한국의 정병욱 교수도 〈한국고전시가론〉의 제3편 전통론의 (4)부정을 통한 미의식(25페이지)에서 임(사랑. 필자 주)을 노래한 시조의 어휘사용빈도를 보면 '긍정적인 가다가 더 많이 쓰였고 살다보다는 죽다가 더 많이 쓰였고 웃다보다는 울다가 더 많이 쓰였다'고 했는데 이것은 위에서 말한 조선고대애정시가의 사랑의 정한의 콤플렉스의 제일 좋은 주석(注釋)으로 됨을 알 수 있다. 그것은 조선민족의 비극적 감정체험의 발로인 것이다.

전반 조선고대문학사를 고찰해 볼 때 애정시가의 이런 비극적 콤플렉스 정한이 애정소설의 희극적 대단원 결말과 묘한 대조적인 양상을 이루고 있음을 알 수 있다. 그럼 어째서 이런 양상이 이루어졌겠는가? 한마디로 말하여 그것은 시는 시대로, 소설은 소설대로의 장르적 특점의 제약도 제약이려니와 보다 중요한 것은 이 두 중요한 문학적 장르가 극단적인 희나 비를 중화(中和)시키는 장치로서 고대조선민족의 심리평형을 이루어온 데 그 주된 원인이 있지 않았는가 생각된다.

조선고대애정시가의 이런 어두운 비극적 양상은 조선조 말기 근대적 평민들의 사설시조의 애정시가로부터 밝은 희극적 양상으로 바뀌게 된다. 사설시조의 애정시가들은 대개 다 육욕(肉慾)적인 사랑의 쾌락을 많이 노래했다. 물론 앞에서 좀 언급되었겠지만 고려속요 속의 〈쌍화집〉, 〈만전춘별사〉, 〈여상곡〉 같은 데서도 육욕적인 사랑의 쾌락을 노래한 것이 없는 것은 아니다. 그러나 그것은 사실시조의 사랑가와는 본질적으로 나르다. 고려속요 속의 것이 절실한 현실적 삶 속에서의 사랑의 타락, 퇴폐를 나타내는 일종 단말마적인 발악적인 자기마비에 불과하다면 사실시조의 그것은 생활적 여유 속에서의 인간본능의 긍정, 발산과 아울러 세속적인 도덕관념을 뒤엎는 개방과 도전이다. '중놈도 사람인 양 하여/ 자고 가니 그립다고 중의 송낙 내 갈 베고 내 족두리 중놈 베고 중의 정삼 나 덮어쓰고 내치마란 중놈 덮고 자다가 깨달으니/ 둘의 사랑이 송낙으로 하나 족두리로 하나/이튼날 하던 일 생각하니 흥글흥글 하여라'. 이것은 너무나도 서방 문예부흥기 인문주의의 선구자 보카치오(1313-1375)의 〈십일담〉의 사랑이

146

야기와 비슷하다.

우리가 고려속요 속의 애정시가를 대할 때 또 하나 인상 깊게 느껴지는 것은 그것이 어디까지나 여성들의 애정비가라는 데 있다. 〈서경별곡〉, 〈가시리〉, 〈동동〉은 더 말할 것도 없거니와 회회아비, 술집주인, 중, 용으로 상징되는 뭇 남자들의 손에 돌려가며 육욕의 충족물로 전락되는 〈쌍화점〉의 서정적 여주인공은 타락한 사랑 속의 비극적 이미지다. 이런 여성들의 애정비가 특색은 고려속요 속의 애정시가만이 아니라 전반 조선민족의 전반 애정시가로 확산된다. 상술한 여러 애정시가들에서도 여성만의 비극적 특색을 충분히 감지했겠지만 이제 다시 기녀 이매창의 시조 한 편과 무명씨의 규방시조 한 편을 각각 보도록 하자. '梨花雨 흩날릴제 울며 잡고 야別한 님/秋風落접에 저도 나를 생각는지/칠千里에 외로운 꿈만 오락가락하더라'—이매창. '남은 다 자는 밤에 내 어이 홀로 깨여/玉帳 깊은 곳에 잠든 님을 생각는고/천리에 외로운 꿈만 오락가락하더라'—무명씨. 우리는 이 두 시조에서도 그것이 일방적인 여자의 비가로 되어 있음을 알 수 있다. '님 계신 이 밤은 길고 길전저/그 대신 님 가신 내일 밤은 짧고 짧을진?!?/그러나 어느덧 무심한 닭은 새벽을 알리니/두 뺨에는 즈은 줄기의 눈물만 흐르니 가련하다.' 이것은 조선조시기 유명한 규원 시인 이옥봉의 〈별한(別恨)〉이다. 뜻대로 되지 않는 사랑의 이별 정한 때문에 울었다. 그리하여 〈만전춘별사〉의 첫 구절 '얼음 위에 댓보자리 보아/님과 나와 얼어 죽을망정/情둔 오늘밤 더디 새오시라'처럼 그 사랑도 그렇게 절박했던 것이다. 고대조선여성들은 바로 이렇게 절박한 사랑의 비원(悲願) 속에서 살았던 것이다. 이것은 부권적인 조선봉건사회에서의 여성들의 숙명적인 비극적 운명이기도 한 것이다. 조선 고대애정비가에서 그 작가가 거의 다 여자이고 그 시적 자아가 거의 다 여자인 데서도 알 수 있다시피 남자들은 사랑시와는 인연이 없다. 조선고대 남자들은 워낙 사랑을 몰랐던 것 같다. '西京이 서울히 마르는/닷곤 쇼셩경 괴요마른/여므로 질살 리시고/ 괴시란 우리곰 좃나이다' 〈서경별곡〉같은 데서 이렇게 여자 쪽에서 울며불며 철석간장이라도 녹일 듯 애원했건만 덤덤히 떠나가는 냉혈동물 같은 물건짝들이다. 떠나가는 쪽은 언제나 남자고 떠나가지 말라고 애원하는 쪽은 여자이며 떠나간 쪽은 언제나 남자고 떨어져 서럽게 우는 쪽은 여자이다. 그 사랑을 몰랐던 남자들에게 그토록 일편단심 사랑을 기탁한 꽃 같은 조선의 여심들이 눈물겹도록 슬프다. '청산리 벽계수야 쉬어 간들 어떠하리/일도창해하면 다시 오기 어려우니……' 황진이의 서정이 눈물겹도록 다시 안겨온다…… 임은 떠나가고 조선의 여심들은 항상 외롭고 그립고 고달팠다. 그러나 그들은 항상 일편단심의 충절을 고이 지켜왔던 것이다. 꽃 같은 여인들이다. 아니 꽃은 피고 지는 변덕이 있거늘 그들은 변함없는 송죽이다. 물에 빠져 헤어진 임을 따라 순정(殉情)하는 그 〈공후인〉의 여인, '十一月人봉당자라예/아으 汗 두퍼 누워/슬라온……' 가운데고이 임을 기다리는 〈동동〉의 여인, '구스리 바회에 디신/긴힛 그츠리잇가 나/……/즈믄를 외오곰 녀신/信잇 그츠리잇가 난'을 반복해서 부르는 〈서경별곡〉의 여?! 琯湧? 사람을 울린다. 그들은 사랑하는 임이야 어떻든 무조건적이 절대 순종, 충절의 동양여성 특유의 미를 발산하고 있다. 조선고대 애정시가에서 보게 되는 이러한 여심은 〈아리랑〉과 같은 순수한 고전적 민요에서 보게 되는 여심과는 좀 다르다. 〈아리랑〉 같은 데서도 동양여성 특유의 절대 순종, 충절의 미덕이 안 나타난 것이 아니지만 그래도 거기에는 '나를 버리고 가시는 님은/십리도 못 가서 발병난다'는 주언(呪言)과 같은 가시 돋친 데가 있어 외유내강의 조선여성의 전통적인 미를 잘 나타내고 있다.

4. 나오기

　상술한 조선고대애정시가들에서도 조선여성의 전통적인 외유내강의 미가 안 나타난 것이 아니지만 그것은 사랑하는 임을 향한 직접적인 호소나 앙탈이 아니라 어디까지나 〈서경별곡〉에서처럼 임 타고 갈 배를 내놓는 뱃사공을 핀잔하는, 그리고 〈가시리〉에서처럼 '잡와 두어리마/선만 아니 올세라나/……설은님 보내노니 나/가시 도셔서 나' 식의 보다 간접적인 순화된 완곡적 형식을 취하고 있는 것이다.

　조선고대애정시가의 이런 여성 일방적인 비가는 조선조 말기 근대적 평민의 사실시조에서 그 국면이 달라지기 시작한다. 사실시조의 애정시가가 육욕적이든 어떻든 우선 그것은 위에서 보다시피 무엇보다도 밝은 희극적 사랑을 내비치고 있다. 다음 그것은 어디까지나 남자와 동등한 위치에 선 여자들의 사랑의 희극을 밝힌 데 있다. '콩밭에 들어 콩잎 뜯어먹는 암소 검은 암소 아무리 이리다 쫓은들 제 어디로 가며/이불아래 든 님을 발로 톡 박차 미적미적하면서 어서 가라 한들 날 버리고 제 어디로 가리/아마도 싸우고 못 마를슨 님이신가 하노라' 보다시피 여기서는 여유작작 배포유할 정도로 사랑의 고삐를 쥔 여자의 유머러스한 이미지가 확 안겨온다. 실로 이 사실시조로부터 조선의 고대애정시가에는 비로소 진정한 웃음의 환락의 서광이 비치기 시작했다.

제 3 부

중국 고대문학 일고찰

1. 〈孔雀東南飛〉를 통한 중국고대문학사 최초의
과부변태심리 투시

〈孔雀東南飛〉는 중국고대문학사에서 최초로 나온 편폭이 353구에
1,765자로 가장 긴 민간장편서사시이다. 이 서사시는 漢樂府 서사시
발전의 고봉을 이루며 중국고대문학사상 사실주의시가발전의 중요한
표지로 된다. 이 시는 漢나라 말기에 창작되어 300여 년간 민간에 유
전되다가 南朝의 陳代에 이르러 徐陵이 편찬한 작품집 〈玉臺新詠〉에
최초로 〈焦仲卿妻〉라는 제목으로 수록되었다. 여기에 다음과 같은 서
언이 첨부되어 있다.

"漢末建安中, 廬江府小吏焦仲卿妻劉氏, 爲仲卿母所遣, 自誓不嫁. 其
家逼之, 乃投水而死. 仲卿聞之, 亦自縊於庭樹. 時人傷之, 爲詩云爾.(한
말 건안 연간에 여강부의 작은 관리 초중경의 아내 류 씨가 중경의
어머니에게 쫓기어 귀가한 후 죽어도 시집을 안 가겠다고 맹세하였다.
본가집에서 핍박하므로 물에 빠져 죽었다. 중경이 그 소문을 듣고 마
당에 선 나무에 목을 매여 자결하였다. 그때 사람들이 가엾이 여겨
시를 지어 이야기하였다.)"

보다시피 여기에서는 이야기가 발생한 시기, 지점, 주인공의 이름 및
시의 작자와 산생시기를 똑똑히 밝히고 있다. 물론 시간의 흐름에 따라
문인들의 수개와 가공을 거쳤으리라고는 짐작되지만 시의 서사성, 편
폭, 풍속 등을 놓고 볼 때 한 말 건안시기의 민간창작임에 틀림없다.
〈孔雀東南飛〉는 분명 주인공 초중경과 유란지의 혼인비극을 썼다.
학계의 초점도 여기에 맞추어져 있다. 그리고 이 혼인비극의 원인을
봉건예교와 봉건가부장제도의 횡포에 돌리고 있는 것이 학계의 보편
적인 관점이다. 이에 필자는 〈孔雀東南飛〉의 혼인비극은 동의하되 그

원인 규명에 있어서는 위의 학계의 2차적인 사회학적인 시각보다는 1차적으로 심층심리학적 각도에서 조명해 보고자 한다.

서사시의 여주인공 유란지는 '十三能織素, 十四學裁衣, 十五誦詩書(열세 살에 비단 필을 짤 줄 알고 열네 살에 옷을 마릴 줄 알았으며 열다섯에 글월을 읽을 줄 알았다)'한 女工에 막힘이 없고 詩書까지 곁들인 窈窕淑女임에 틀림없었다. 그래서 그는 窈窕淑女, 君子好逑라 '十七爲君婦(열일곱에 시집을 가서)'하여 府吏 초중경한테 시집을 왔다. 부부간에 금실도 좋았다. 그들이 '大人'으로부터 '同是被逼迫(다같이 핍박받는 처지)'를 느끼며 처음 갈라질 때 '擧手長勞勞, 二情同依依(손 들어 작별하니 슬픔이 하염없고 두 사람의 그 정은 떨어질 수 없었구나)'는 그간의 사정을 잘 말해 준다. 유란지는 시집와서 '鷄鳴入機織, 夜夜不得息, 三日斷五匹(닭이 우는 신새벽부터 천을 짜기 시작하여 밤에도 쉬지 않고 계속하여 사흘에 다섯 필을 짜다)', '晝夜勤作息, 伶俜縈苦辛(밤낮으로 부지런히 일하였고 쉴 새 없이 분주하게 돌아치면서)'하며 '奉事循公姥(시어머니 뜻대로 일을 함)'했다. 그런데도 '大人故嫌遲(어머님은 느리다고 나무람하다)'하니 유란지는 '心中常苦悲(마음에는 항상 서럽고)' 하게 된다. 그리고 똑똑한 유란지인지라 '非爲織作遲, 君家婦難爲(실은 천을 더디 짠다고 시어머니가 나무라는 것이 아니니라)'를 알게 되고 '妾不堪驅使, 徒留無所施(나는 더는 구박을 받을 수 없고 이제 더 남아 있어도 별로 할 일이 없으니)'라 '便可白公姥, 及時相遣歸(시어머니에게 아뢰고 하루 빨리 집에 돌아갈 수 있도록 하겠다)'를 요구한다. 그녀는 스스로 당시 사회에서 시집간 여자들이 가장 큰 수치로 여기는 '遣歸'—시집으로부터 버림받는 길을 택했던 것이다. 이것은 뒤에 이어지는 그녀의 신상에 벌어진 일련의 비극의 시초로 된다. 여기서 보다시피 그녀의 비극의 시초는 고부갈등에 있었던 것이다. '遣歸'당해서 떠날 때 곱게 단장하고 시누이와 눈물로 작별한 것을 보면 시누이와의 관계는 원만했던 것같다. 이렇게 놓고 볼 때 전통적으로 시누이가 시어머니와 단짝이 되어서 이루어진 고부갈등과는 양상을 좀 달리하고 있다. 〈孔雀東南飛〉에서는 어디까지나 며느리 대 시어머니 1 대 1의 고부갈등을 펼쳐 보이고 있다. 그럼 문제는 어째서 이런 고부갈등이 생겨나는가 하는 데 있다. 〈孔雀東南飛〉에서 보면 이 고부갈등은 전적으로 '大人'으로 호칭된 시어머니 때문에 인기되고 있다. 시어머니는 유란지를 '遣歸'시킴에 이런저런 핑계를 대고 있지만 실은 아무런 잘못도 없는 유란지에게 트집을 잡았던 것이다. 이 점은 유란지가 본가로 돌아와 친정어머니에게 '兒實無罪過(이 딸에겐 아무 허물없었소이다)'라고 애절하게 호소한 데서도 잘 알린다. 〈孔雀東南飛〉에서 유란지의 시가집을 보면 남편 초중경 그리고 시어머니, 시누이 세 사람만 등장하고 시아버지는 일언반구도 거론되지 않고 있다. 이렇게 놓고 볼 때 유란지의 시어머니는 과부로 보아 무방하다. 〈孔雀東南飛〉는 며느리 대 과부 시어머니의 갈등이라는 데 고부갈등에서의 특이성이 돋보이고 있다. 「罷黜百家, 獨尊儒術」하는 漢代의 봉폐된 시대적 환경하에서 풀 길 없는 과부의 사랑의 콤플렉스는 쌓이고 쌓인다. 이 쌓인 콤플렉스는 자연히 승화의 대상자를 찾기 마련이다. 〈孔雀東南飛〉에서 그것은 변태적인 '승화'를 하여 아들 초중경에게 쏠리고 있다. 여기에 유란지가 뛰어들었으니 시어머니에게 있어서 유란지는 사랑의 정적 맞잡이다. 그러니 사랑의 질투에 불타는 시어머니가 유란지를 한사코 미워하고 트러블을 만들고 결국 '遣歸'시킴은 너무도 자연스럽다 하겠다. 〈孔雀東南飛〉는 중국고대문학사에 있어서 최초로 이런 과부변태심리를 보여주고 있다.

2. 七步, 五步, 三步詩의 형성 유래

아마 중국문학사에서 즉흥시를 가장 빨리 지은 사람을 꼽으라 하면 조조의 아들 曹植을 꼽아야 될 줄로 안다. 조식(192-232년)은 자가 子健이다. 그는 建安 시기 가장 걸출한 대표적 시인으로서 양과 질에서 동시대 시인들보다 훨씬 뛰어나고 있다. 그는 자신의 재간과 조조의 총애를 믿고 형 조비와 태자 자리를 다투다가 실패한 후 조비의 박해를 받으며 불후한 생을 보냈는데, 그 유명한 七步詩는 바로 이런 비극적 상황하에서 창작된 것이다. 극한적인 상황하에서도 총기를 잃지 않고 기발한 상상에 멋진 비유를 구사하여 실로 주옥같은 시편을 펴냈던 것이다. 일곱 보 만에 시를 지어냈다는 조식의 七步詩는 역대로 많은 사람들에게 쾌재되고 있다.

明대 羅貫中의 〈삼국연의〉는 이 에피소드에 대해 생생하게 그려내고 있다. 항상 조식을 시기하며 암해해 오던 曹丕가 魏文帝가 되자 신하 華함의 사촉을 받아 조식을 죽일 구실을 찾기 위해 네가 평소에 詩才를 뽐냈으니 자기가 칠보를 거니는 사이에 시제에 따라 시 한수를 지어 바치라는 것이다. 바치지 못하는 날에는 목이 달아난다는 것이다. 이에 조식은 흔쾌히 승낙하며 시제를 요구했다. 그러자 조비는 두 마리 소가 담 밑에서 싸우다가 한 마리가 우물에 빠져죽은 수묵화를 내걸며 "이 그림으로 시제를 삼되 시 속에 '二牛斗牆下, 一牛墜井死'라는 시구가 들어가서는 안 된다"고 했다. 그리고 하나 둘 칠보를 걷는데 조식의 시는

兩肉齊道行, 頭上帶凹骨.
相遇塊山下, 焱抑起相搪突.

154

二敵不俱剛, 一肉臥土窟.
非是力不如, 盛氣不泄畢!

어느새 다 읊어졌다. 이에 조비와 뭇 신하들은 은근히 놀랐다. 좀 진정을 찾은 뒤 조비는 트집을 잡는다. "칠보에 시 한수를 짓는다는 것은 늦단 말이야. 너 내 말이 떨어지자마자 시 한 수를 지을 수 있겠는지?" 이에 조식은 "어서 시제를 주십시오." 하고 응수한다. 조비는 "나와 너는 형제일세그려. 이것으로 시제를 삼되 '형제' 같은 글자를 사용해서는 안 된단 말이야. 알았어?"고 되뇌었다. 그러자 조식은 추호의 주저도 없이

煮豆燃豆萁, 豆在釜中泣
本是同根生, 相煎何太急!
(콩을 삶는 데 콩깍지를 태우니/콩은 가마 속에서 흐느끼는구나/원래 한 뿌리 태생이건만 어이하어 이다지도 들볶는 거야?)

라고 읊었다. 이 시를 듣는 조비는 자기도 모르게 두 줄기 눈물이 흘러내렸다 한다. 이로써 조식은 살아남는다. 중국공산당의 원로인 周恩來는 항일전쟁시기 蔣介石國民黨이 항일은 하지 않고 공산당 新四軍을 습격한 皖南事變이 발생하자, 바로 조식의 콩과 콩깍지 칠보시를 인용한 글을 〈중경일보〉에 발표하여 국민당을 통렬히 질타했다.
　　조식의 七步詩에 관한 이야기를 최초로 〈世說新語〉에서 보게 된다.

文帝嘗令東阿王七步中作詩, 不成者行大法. 應聲便爲詩曰:
煮豆持作羹, 漉菽以爲汁
萁在釜中燃, 豆在釜中泣
本自同根生, 相煎何太急!
帝深有慚色.

〈世說新語〉의 작가는 남북조시기 劉宋 때의 臨川왕 劉義慶인데 그는 曹植의 魏나라와 그리 먼 시기 사람이 아니다.

실로 글 한 편이 사람을 살리고 죽이고 하는 에피소드가 중국문학사에 적지 않게 나타난다. 曹植은 콩깍지와 콩에 관한 시를 읊어 형을 감동시켜 목숨을 구했지만 曹植보다 약 2백년 앞서 산 司馬遷의 외손뻘 되는 楊惲은 〈報孫會宗書〉라는 시에서 역시 콩깍지와 콩에 관한 시를 읊어 임금을 노엽혀 살해되고 말았다.

七步詩도 쉽지 않거늘 唐대 開元 연간에 零陵사람 史靑이 조식의 七步詩는 "尙爲遲澀, 請五步成之"라고 상소문을 올렸다. 이에 唐明皇이 그믐날에 불러다 지어 보도록 하니 그 시는 다음과 같다.

今歲今宵盡, 明年明日催.
寒隨一夜去, 春逐五更來
氣色空中改, 容顏暗里摧
風光人不覺, 已入後園梅

이 이야기는 북송 阮閱의 〈詩話總龜〉에 수록되어 있다. 〈新唐書〉 柳公綽진 뒤에 붙은 柳公權전에 보면 公權이 三步詩를 지었다는 기록이 있다. 公權은 유명한 서법가이고 시문을 잘 지었다.

慫幸未央宮, 帝駐輦曰: "朕有一喜…… 邊戌賜衣久不時, 今中春而衣已給." 公權爲數十言稱賀. 帝曰: "當賀我以詩!" 宮人迫之, 公權應聲成文, 婉切而麗. 再令再賦, 復無停思, 天子甚悅, 曰: "子建七步, 彌乃三焉."

〈新唐書〉에는 三步만에 시가 이루어졌다고만 하고 구체적 시는 싣지 않고 있다. 그런데 오히려 〈舊唐書〉에 시까지 첨부하여 보다 구체적으로 적어놓고 있다.

慾幸未央宮苑中, 駐輦謂公權曰:"我有一喜事: 邊上衣賜, 久不及時, 今年二月給春衣訖?." 公權前奉賀. 上曰:"單賀未了, 卿可賀我以詩." 宮人迫其口進. 公權應聲曰:

去歲雖無戰, 今年未得歸.
皇恩何以報, 春日得春衣.

上悅, 激賞久之.

이들 五步詩, 三步詩에 대해서는 부정적이었다. 明나라의 胡應麟은 〈詩藪〉雜編卷三에서 사청이라는 이름은 다른 데서는 보이지 않기에 五步詩는 잘 지은 편이지만 "恐柏五步之內未易辨也."하며 믿을 바가 못 된다고 했다.

3. 南北朝민요 비교고찰

기원 3세기 전후 중국북방에는 匈奴, 氐, 鮮卑, 羯, 羌 5개 소수민족이 있었다. 이들은 잇따라 중원에 진출하여 五胡十六國을 세워 무능한 漢族정부인 晉조를 長江 이남으로 내쫓았다. 최종적으로 선비의 拓跋部가 황하유역을 통일하고 그 유명한 北魏정권을 세웠다. 漢族의 역사책에서 이 시기를 北朝라 하는데 한 200여 년간 지속된다. 이때 남방에서는 宋, 齊, 梁, 晉 네 개의 漢族조대가 이어지는데 이것을 南朝라 한다. 北朝민요는 상당히 발달했다. 北朝의 민가는 각 민족의 생활과 이상을 반영했을 뿐만 아니라 기념할 만한 한 시대를 충실히 기록했다.

北朝민요는 대개 東晉으로부터 梁武帝시기에 육속 강남으로 전해가

梁조황제의 흔상을 받아 경상적으로 궁중에서 불렸다.

중국문학사에서 南北朝시기의 樂府민요는 〈詩經〉에서의 周대 민요 그리고 漢樂府民謠의 뒤를 이어 비교적 집중적으로 나타난 또 하나의 구비문학창작이다. 宋朝의 郭茂倩이 편찬한 〈樂府詩集〉에는 南北朝민요가 도합 500여 수가 수록되었는데 이 가운데 南朝민요가 거의 500수에 가깝고 北朝민요가 약 70수이다. 南朝민요는 대부분이 〈樂府詩集〉의 〈淸商曲辭〉에 수록되었다. 그 가운데서 "吳聲歌"와 "西曲歌"에 집중되어 있다. "吳聲歌"는 옛날에 오나라에 속했던 지방의 민요이고 "西曲歌"는 옛날에 楚나라에 속했던 지방의 민요이다. 남조민요는 주로 漢族정부인 宋, 齊, 梁, 晉 조대의 漢族들이 불렀던 노래이다. 北朝민요는 주로 〈樂府詩集〉의 "梁鼓角橫吹曲"에 수록되어 있다. 이른바 횡취곡이라는 것은 당시 북방민족들이 말 위에서 연주하는 군악인데 악기에 고와 각이 있기에 "鼓角橫吹曲"이라고 하기도 했다. 이 노래의 작자들은 대부분은 주로 鮮卑族과 기타 북방소수민족들이다. 〈折楊柳歌〉에서 "我是虜家兒, 不解漢兒歌"라고 노래한 것은 그간의 사정을 잘 말해 준다. 어떤 것은 그 소수민족 작자를 고증해 낼 수 있다. 이를테면 〈企喩歌・男兒可憐虫〉의 작자는 氐族의 付融이다. 〈琅王歌辭〉의 작자는 羌族의 姚弼이다. 일부 민가는 원래 소수민족언어로 창작되었다가 후에 한어로 번역되었다. 이를테면 〈巨勒公主歌〉, 〈敕勒歌〉가 그렇다. 남북조민요는 비록 동일한 시대의 산물이나 南朝와 北朝가 장시기 동안 대치상태에 처해있고 정치, 경제, 문화, 민족풍속과 자연환경 등이 서로 다름에 따라 민요의 색채와 정서도 서로 판이하다. 〈樂府詩集〉에 "艶曲興于南朝, 胡音生于北俗(염곡은 남조에서 성행했고 호음은 북쪽 습속에서 생겨났다)"고 했는데 이것은 그간의 사정을 총괄적으로 잘 말해 주고 있다. 아래에 대비분석을 통하여 좀 더

158

구체적으로 보도록 하자.

南朝민요는 수량상에서 北朝민요보다 훨씬 많지만 그 내용은 매우 협소하다. 北朝민요는 수량은 많지 않지만 내용은 매우 풍부하다.

南朝민요는 태반이 사랑가(情歌)로서 사랑의 이모저모를 속속들이 보여 주고 있다.

〈子夜四時歌〉의 "冶遊步春露, 艶覓同心郎"에서는 사랑이 약동하는 봄날 "同心"의 낭군님을 맞이할 사랑의 이상을 읊고 있다.

〈懊儂歌〉의 "懊惱奈何許. 夜聞家中論, 不得儂與汝!"에서는 가장들의 반대로 이루어질 수 없는 사랑 때문에 고민하는 연인들의 모습을 보여주고 있다. 〈子夜歌〉를 보면 "氣清明月朗, 夜與君其嬉; 郎歌妙意曲, 儂亦吐芳詞(공기 맑고 달빛 교교한 밤에/그대와 만나 함께 즐겨요./그대 노래 가락에 은근한 뜻 담겨있고/저의 노래 가운데도 아름다운 뜻 담았어요.)" 이 민요는 공기 맑은 달밤에 한 쌍의 청년남녀가 노래 가락을 주고받으며 사랑을 속삭이는 정경을 노래하고 있다.

南朝민요는 대담하고도 노골적이며 열렬한 사랑을 노래한 작품들이 많다. 〈讀曲歌〉의 "打殺長鳴鷄, 彈去烏臼鳥. 願得連冥不復曙, 一年都一曉!(새벽 알리는 장닭 다 때려죽이고/닭보다 일찍 우는 오구조를 쏴 버리겠어요/밤에 밤을 이어가며 새지를 말고/한 해에 한 번만 날이 새면 해요!)"는 그 한 보기가 되겠다. 이 노래는 황진이의 "동짓달 긴긴밤"을 연상시키는 사랑가로서 사랑에 빠진 연인들이 즐거운 밤 짧게만 느껴지는 보편적인 심리세계를 잘 펼쳐 보여 주고 있다.

〈子夜歌〉의 "夜長不得眠. 明月何灼灼./想聞歡喚聲, 虛應空中諾.(긴긴 밤 잠들지 못해요./저 달빛 얼마나 밝은가요/님의 부름소리 들려오는 것 같아/허공에 대고 대답을 했어요.)"는 그 한 보기가 되겠다. 긴긴 밤 임 생각에 잠 못 이루고 오직 임 생각에 골똘하다 보니 환청까지

생기여 허공에 대고 대답하는 애잔한 여인의 모습을 생동하게 보여 주고 있다. 장편서정시 〈西洲曲〉도 갈라져 있는 임을 그리는 여인을 노래한 것으로 아침부터 저녁까지, 봄부터 가을까지 끊임없이 임을 그리다가 마지막에 남풍이 자기의 그리움을 서주에 있는 임한테 싣고 갔다는 것으로 자아위안을 하는 한 젊은 여인의 애절한 모습을 보여 주고 있다.

〈歡聞變歌〉에서는 "沒命成灰土, 終不罷相憐(이 몸이 죽어죽어 진토 되어도/그대와의 사랑을 저버리지 않아요)에서 보다시피 죽어서도 끝나지 못할 사랑을 노래했고 〈華山畿〉에서는 "君旣爲儂死, 獨生爲誰施(그대가 절 위해 죽었거늘/홀로 남아 누굴 위해 치장하리오)"에서는 임 없는 사랑의 비애를 엮고 있다.

〈子夜歌〉의 "儂作北辰星, 千年無轉移. 歡行白日心, 朝東暮復西!"에서는 여인의 사랑의 일편단심을 노래했다.

〈子夜冬歌〉의 "淵冰厚三呎, 素雪覆千里. 我心如松柏, 君情復何似?"에서 여인은 자기의 마음은 송백과도 같이 드팀없는데 남권사회의 남자의 마음이 미타한지라 임의 마음은 어떤가 하며 자꾸 남자의 사랑의 마음을 확인하고픈 여심을 읊고 있다.

〈懊儂歌〉의 "我與歡相憐, 約誓底言者? 常嘆負情人, 郎今果成作??!"에서는 끝내 변하고 마는 남자의 변심에 대해 한탄하고 있다.

〈華山畿〉의 "相送勞勞渚. 長江不應滿, 是儂泪成許!" "啼欲曙, 泪落枕將浮, 身沉被流去"에서는 사랑의 이별에 임한 여인의 서러움과 떠나보내고 그리워 우는 여인의 정상을 보여 주고 있다.

南朝민요는 상업이 발전한 대도시에서 창작된 것이 많은데 이 가운데는 기녀들의 비운을 노래한 것들도 있다. 〈尋陽樂〉의 "鷄亭故儂去, 九里新儂還. 送一却迎兩, 無有暫時閑.", 그리고 〈夜度娘〉과 〈長樂佳〉도

직접 혹은 간접적으로 기녀들의 비애를 읊고 있다.

南朝민요에는 육욕을 노래한 민요도 있다.

그리고 일부 서민들의 애정을 노래한 사랑가도 있는데 이것은 대개 노동과 결합되어 불리고 있다. 이를테면 〈拔蒲〉의 "朝發桂蘭渚, 晝息桑楡下. 與君同拔蒲, 竟日不成把(계란꽃 핀 모래톱 아침에 떠나/점심참에 그늘아래 쉼을 쉬노라/님과 나 둘이서 부들 뽑는데/진종일 한웅큼도 뽑지 못했네)"가 있다. 그리고 조선노래 뽕따기를 연상시키는 〈采桑度〉도 있다. 이를테면 "春月采桑時, 林下與歡俱. 養蠶不滿百, 那得羅綉襦, 采桑盛陽月, 綠葉何翩翩. 攀條上樹表, 牽壞紫羅裙(봄철이라 뽕잎을 딸 때에/뽕나무 숲에서 님과 즐겨요/누에잠박이 백 개 차지 않으면/어찌 수놓은 비단 깁저고리 입으리오?/봄기운 따스할 때 뽕잎 따거나/푸른 뽕잎 바람에 팔락이누나./나무에 올라 뽕잎 따려는데/비단치마자락 걸려 째져요)"는 그 한 보기가 되겠다.

北朝민요의 사랑가를 보면 南朝민요의 사랑가와는 좀 다른 양상을 드러내고 있다. 북방민족들은 성격과 풍속이 남방의 민족과는 다른데다가 봉건예교의 구속을 적게 받거나 받지 않은 까닭에 사랑표현에서 우물쭈물하거나 숨기는 것이 없이 아주 대담하며 솔직하고 통쾌하다. 〈捉搦歌〉는 "天生男女共一處, 願得兩个成翁嫗(하늘이 남자 여자 함께 살렸다./둘이서 영감 노친 되어 봤으면)"라고 사랑의 고백이 무척 단도직입적이다. 그리고 남녀지간의 약속을 어기었을 때에도 남조민요에서처럼 눈물 흘리고 괴로움에 모대기고 하는 것이 아니라 가차없이 책망하는 것이다. 〈地驅樂歌〉에서 보면 "月明光光星欲墮, 欲來不來早語我.(밝은 달 빛나고 별은 기울어지려는데/오든 말든 그대여 일찍 말해줘"라고 하며 약속을 어긴 대방을 질책하였다.

北朝민요에는 노처녀의 심리나 고통을 묘사한 것이 있는데 이런 제재는 南朝사랑가에서는 볼 수 없는 것이다.

〈地驅樂歌辭〉에 "驅羊入谷, 白羊在前. 老女不嫁, 蹋地呼天(골으로 양을 몰제/흰 양이 앞장섰네/노처녀 시집 못 가/하늘땅을 저주하네), 그리고 〈折楊柳歌辭〉를 보면 "問女何所思, 問女何所亿? 阿婆許嫁女, 今年無消息(묻노니 뭘 생각하는가?/묻노니 뭘 근심하는가?/엄마는 이 딸을 시집보낸다면서/금년에도 소식이 없구나)"에서는 시집 못 간 노처녀의 안타까운 마음이 잘 살아나고 있다. 이 외에도 "門前一株棗, 歲歲不知老. 阿婆不嫁女, 哪得孫兒抱?(문 앞의 한 그루 대추나무는/세월이 흘러도 늙지를 않네/딸을 시집 안 보내는 우리 엄마는/어떻게 손자 놈을 안아보려나?)"도 마찬가지다. 그리 많지 않은 北朝민요 가운데 2, 3수 "노처녀 시집 못 간" 모티프가 취급되고 있는데 이것은 아마 당시 북방에서 전쟁이 빈번하여 남정들이 너무 많이 죽은 사정과도 관계된다. 東魏 때 高歡은 "請釋芒山俘桎梏, 配以人間寡婦(망산 포로들의 족쇄와 수갑을 풀어주어 민간의 과부들과 짝을 뭇게 하도록 간청했다)"(〈北史〉 卷六). 여기에서도 알 수 있다시피 당시 과부가 많아 사회문제로까지 되어 관변 측에서 어떤 조치를 취했음을 말해 준다.

이 외에 南朝민요에는 귀신을 노래한 祭祀歌들이 있다. 〈淸商曲辭〉에 수록된 "神弦曲" 18수가 이에 속한다. 이것은 강남 민간의 弦歌로서 신을 즐겁게 하는 제사가이다. "神弦曲"은 대개 여무당들이 불렀던 것으로 추측된다. "神弦曲"에는 〈白石郎曲〉과 같이 "女悅男鬼"와 〈靑溪小姑〉와 같이 "男悅女鬼"의 人神연애를 노래한 특색을 띠고 있다.

南朝민요에는 또 민정을 반영한 시와 산천경개를 묘사한 부류가 있다. 이를테면 〈雜歌謠辭〉의 孫皓 통치 초기의 동요〈孫皓初童謠〉를 보면 "寧飮建業水, 不食武昌魚; 寧還建業死, 不止武昌居(건업의 물을 마실지언정/무창의 고기를 먹지 않으리/건업에 돌아가 죽을지언정/무창에 머물러 살지 않으리)"라고 읊고 있다. 孫皓는 삼국시기 吳나라의 마지막 임금이다. 그는 왕위에 오른 이듬해(266년)에 서울을 建業에서 武昌으로 옮겨갔는데 백성들이 그 고충에 시달리다 못해 이 동요를 지어 불만을 토로했다. 〈雜歌謠辭〉의 〈錦州巴歌〉를 보면 "豆子山, 打瓦鼓; 楊平山, 橄白雨. 下白雨, 取龍女; 織得絹, 二丈五; 一半屬羅江, 一半屬玄武(두자산에서 질북 두드리고/양평산에서 보얀 비 휘뿌리네/뽀얀 비 내릴 때 용녀를 얻어서/흰 명주를 짰는데 두길 반이네/절반은 라강이요, 절반은 현무에 속하네)"라고 읊고 있다. 여기서 폭포를 묘사하고 있는데 두자산에서 귀로 듣는 물소리는 북소리 같고 양평산에서 눈으로 보는 폭포는 뽀얀 비 내리는 것 같았다. 북소리에서 아내를 맞는 열렬한 정경을 연상하게 되고 뽀얀 비에서 龍女가 하늘에서 내려오는 걸 연상하게 된다. 이 龍女를 아내로 맞고 龍女가 짠 비단필이 곧 폭포가 되어 라강현과 현무현으로 흘러들었다고 한다.

　北朝민요를 보면 우선 전쟁과 관계되는 것들이 돋보인다. 전쟁은 北朝사회의 돌출한 한 특성으로서 北朝의 역사는 시종 전쟁과 같이 했다. 그러므로 전쟁에 대한 반영이 있을 수 없다. 〈企喩歌〉제4수 "男兒可憐虫, 出門懷死憂; 尸喪狹谷中, 白骨無人收(불쌍한 미물인 양 우리네 남자들은/집 문을 나서면 죽는 근심만 하네/좁디좁은 골짜기에서 죽어 쓰러져/백골이 되어도 그 뉘 거둬주랴)"에서는 당시 사람들이 전쟁에 죽어 가는 비참한 정경을 보여 주면서 반전정서를 토로하고 있다. 대혼전 속에서 부동한 소속에 속한 친동기간에 싸우게 된 비극을 보여 준 것, 이를테면 〈격곡가(隔谷歌)〉에서는 "兄在城中弟在外, 弓無弦, 箭無括. 食糧乏盡若爲活? 救我來, 救我來!(성안에 형이 있고 성밖에 아우 있네/활에는 시위 없고 살에는 촉이 없네/식량이 다 떨어져 어떻게 살아나랴?/날 구해다오! 나를 구해다오!)"는 그 보기가 되겠다. 그리고 〈慕容垂歌〉에서는 "慕容攀墻視, 吳軍無邊岸. 我身分自當, 枉殺墻外漢"에서는 鮮卑족이 한족을 칼 받이로 싸움에 내세우는 참상을 반영하고 있다. 〈木蘭詩(목란시)〉도 전쟁을 반영하고 있다.

北朝민요에서 서민의 질고를 반영한 내용을 보도록 하자. 〈紫騮馬歌〉를 보면 "高高山頭樹, 風吹葉落去; 一去數千里, 何當還故處!(높고 높은 산마루에 자란 저 나무에서/바람이 불어 불어 잎 떨어지네/한 번 가면 머나먼 수천 리 길이라/어느 때면 옛 곳으로 다시 돌아올 거냐!)"로 바람에 떨어지는 잎에 기탁하여 기약 없이 수자리 살려가는 비참한 신세를 읊고 있다.

南朝민요에의 최고성과를 대표하는 장편서정시 〈西洲曲(서주곡)〉과 北朝민요에의 최고성과를 대표하는 장편서사시 〈木蘭詩〉는 南北朝민요의 쌍벽을 이루고 있다. 〈木蘭辭〉는 천고의 절창으로 세인들에게 널리 알려져 있다. 〈木蘭辭〉는 女扮男裝從軍을 기본 이야기줄거리로 하여 북방민족의 영웅기개를 잘 나타내고 있다. 〈木蘭辭〉는 내용, 스찔, 언어를 놓고 볼 때 그것이 소수민족작품임을 곧바로 보아낼 수 있다.

4. 詩窮而後工-李煜의 경우

중국 五代시기 南唐의 서울 금릉(지금의 南京)에서 詞 창작이 활발히 진행되었다. 그리하여 南唐시인 그룹을 형성했다. 남당시인의 대표인물의 하나가 南唐의 마지막 임금 李煜(937-978년)이다. 그를 李後主라 부르기도 했다. 李煜은 서화와 음률에 깊은 조예를 갖고 있었고 예술기량도 높았다. 그는 10여 년간 임금 자리에 앉아 있는 기간 국세가 기울어 가건만 정치적인 신경보다는 궁정에서 가무를 벌여놓고 향락을 누리며 부화방탕한 나날을 보냈다. 그러다가 결국 976년 나라는 망하고 자신은 송조의 포로가 되어 2년간 汴京에 구금되었다가 宋太宗에게 독살당하고 만다.

그는 도합 30여 수의 사를 지었는데 나라가 망한 때를 분계선으로 하여 전후시기 부동한 장르를 보여 주고 있다. 이른 바 詩窮而後工의 한 모델을 그에게서 보게 된다.

李煜의 전 시기 사는 주로 호화로운 궁중생활을 묘사하고 있다. 가희들의 춤 노래가 아니면 궁녀의 단장을 그리는 데 골몰했다. 그의 이런 사들은 제재와 예술표현수법 각도에서 놓고 볼 때 전형적인 宮庭詩로서 앞선 南朝의 宮體詩, 뒤의 花間詞와 맥락이 닿고 있다.

그러나 어쩔 수 없이 국세가 나날이 기움에 따라 몰락의 운명을 직감하면서부터 진실한 인간의 감정을 깊이 있게 토로하고 있다. 이를테면 〈淸平樂〉의 "離恨恰如春草, 更行更遠還生(이별의 한은 봄풀과 같거니/가고 가고 멀리 가도 생생히 살아나리)" 같은 데서는 離恨이라는 부정적인 감정을 파릇파릇 살아나는 春草라는 긍정적인 이미지로 나타냄으로써 참신한 시적 경지를 펼쳐 보이고 있다.

그러다가 임금의 자리에서 宋朝의 포로가 된 최하층의 "죄인" 신세로 전락된 후 李煜은 "日夕以眼泪洗面(온종일 눈물로 세수)"하는 비애 속에서 인생에 대해 새롭게 느끼며 생각하게 되었다. 〈虞美人〉을 좀 보도록 하자.

"春花秋月何時了, 往事知多少? 小樓昨夜又東風, 故國不堪回首明月中! 雕闌玉砌應猶在, 只是朱顔改. 問君能有幾多愁, 恰似一江春水向東流(봄꽃 가을 달 즐기던 그 한때/눈에 삼삼한 옛일은 얼마인고?/다락엔 어제 밤 동풍이 세찼거니/달빛 속에 고개 돌려 고국을 못 볼레라! 꽃 난간 옥섬돌 의연하리라만/얼굴은 바뀌었으리/하 많은 그대 수심 얼마이더뇨?/동으로 흘러가는 봄 강물과 같다 하리)"

보다시피 첫 단락에서 인생의 무상, 특히 좋은 세월의 무상과 지나간 세월에 대한 그리움을 뼈저리게 느낀다. 두 번째 단락에서는 物과 사람의 대비 속에 한 번 더 인생의 무상을 확실하게 읊으면서 진한 애수를 뽑아내고 있다. 예술표현형식에 있어서도 정연한 전개 속에 대비, 조응, 비유 등 다양한 수사법을 잘 구사하고 있다. 특히 마지막 구절 "問君能有幾多愁, 恰似一江春水向東流"는 독특한 비유로 하여 수심을 읊은 명구로 꼽히고 있다. 이 외에 〈浪淘沙〉의

> "獨自憑闌, 無限江山, 別時容易見時難. 流水落花春去也, 天上人間(홀로 난간에 기대서지 말라/끝 간 데 없는 고국강산/떠나기는 쉬워도 돌아오기 어려워라/낙화유수 봄이 가고/천당과 지옥 차이 어이 하랴)"

도 같은 맥락에서 이해할 수 있다.

李煜의 이런 詞들은 사상내용 면에서는 애수, 비탄 그 자체로 별 볼일 없다 해도 예술표현수법 면에서는 높은 성과를 거두었다. 唐朝 말기와 5대 시기 시인들이 詞창작에서 주로 여성들의 불우한 운명을 묘사하면서 자기의 모종 사상감정을 발로하였지만 李煜은 이런 전통적인 풍격을 타파하고 자기의 비통한 사상감정을 직접 피력하였다. 이러한 스찔은 훗날 豪放派들의 詞창작에 큰 영향을 미쳤다.

李煜은 평범한 언어와 개괄성이 강한 비유로써 추상적인 심리상태를 구체적으로 묘사해 냈다. 절실한 비유와 선명하고 생동한 형상은 사의 예술성을 높여 주었다. 언어는 명쾌하고 우미할 뿐만 아니라 구두어에 접근하여 알기도 쉽다. 모두어 말하면 李煜은 자신의 창작실천으로 사의 표현범위를 확대하였으며 예술적 수법을 풍부히 하였다. 그는 사의 발전에 중요한 기여를 하였다.

5. 桃花源 이미지

1980년대 중국의 유명한 남자 가수 姜大偉는 〈桃花가 만발하는 곳〉이라는 노래를 불러 인기를 한 몸에 모았다. 중국 사람들은 역대로 桃花를 좋아한 듯하다. 桃花는 일종 避邪하고 進慶하는 이미지인 듯하다. 불상도 보면 아기를 점지한다는 送子娘娘보살의 손에 桃花가지가 들려 있다. 〈桃花가 만발하는 곳〉의 가사도 보면 바로 桃花가 만발하는 곳에 정다운 나의 고향이 있고 사랑스러운 나의 처녀가 있다는 것이다.

한 어부가 강에 떠가는 桃花에 매혹되어 따라가다 보니 저도 모르는 사이에 어느새 桃花源에 이르렀다. 그 桃花源은 별천지였다. 이것이 바로 중국 東晉시기 陶淵明(365-427년)이 〈桃花源記幷詩〉에서 펼쳐 보인 이상적인 桃花源이다. 이 桃花源 세계는 太平盛世 그 자체였다. "土地平曠, 屋舍儼然, 有良田美池桑竹之屬(토지는 평탄하고/가옥들이 즐비하게 서 있는데/비옥한 밭, 좋은 못이 있었고/뽕나무와 대나무 같은 것들이 늘어서 있었다)"한가운데 "菽稷隨時藝, 春蠶收長絲, 秋熟靡王稅(콩과 수수 철따라 가꾸어 주네/봄날엔 누에 쳐서 명주실 뽑고/가을엔 임금부세 안 바친다오)"하니 의, 식, 주의 근심걱정이 없다. 이로부터 "童孺縱行歌, 斑白歡遊詣(어린애 마음 놓고 노래 부르며/늙은이 즐거이 돌아다니네)", "黃發垂髫, 幷怡然自樂(늙은이와 어린 것들은/모두 걱정 없이 즐거이 지낸다)"한다. 그리고 이 桃花源에 사는 사람들은 아직도 태곳적 인심인지라 어부를 집집마다 돌아가며 닭을 잡고 술상을 차려 환대한다. 이들은 전적으로 자연의 흐름에 맡겨 산다. 이들은 秦왕조 때 난을 피하여 들어와 산 사람들로서 "不知有漢, 無論魏晉(한나라가 있는 줄 알지 못하니/더욱이 위, 진이 있는 줄은 알지 못했다)"한다. 이들은 워낙 "草榮識節和, 木衰知風歷(싹이 트면 따사로운 절기를 알고/우수수 잎이 지면 거센 바람 아노니)" 하니 "雖無紀歷志、四時自成歲(연대기와 책력이 없다 하여도/네 절기 저절로 해를 이루네)" 한다. 그리고 이들은 "阡陌交通, 鷄犬相聞. 其中往來種作(두렁길은 가로세로 뻗어 있었고/개 짖는 소리와 닭 울음소리가 들려왔다. 거기로 사람들은 오가며 농사를 짓는다)", "相命肆農耕, 日入從所息(서로서로 의지해 농사짓노니/해가 지면 일 마치고 돌아와 쉬네)" 하는 자연경제를 바탕으로 하고 있다. 일종 도교적인 "小國寡民"의 이상향 냄새가 짙다. 마지막 부분에 어부더러 절대 다른 사람들에게 누설하지 말라거나 훗날 어부가 다른 사람과 더불어 다시 찾아가니 桃花源을 찾을 수 없었다는 신비감은 이것에 대한 반증으로 된다. 이 桃花源에서 특이한 것은 "秋熟靡王稅"에 있다. 고대, 중세문학의 이상향추구가 많이는 왕도정치를 추구하고 있는 데 반해 여기서는 원시공산주의적인 경지를 펼쳐 보이고 있다. 왕권에 대한 부정, 이것은 고대에 있어서 획기적이다. 일반 사람의 논리를 벗어나 있다. 중국 고전 〈水滸傳〉의 작가 施內菴이나 한국 고전 〈홍길동〉의 작가 허균같이 다분히 반체제적인 혁명가적 기질이 있는 반항아임에도 불구하고 그들이 펼쳐 보인 작품세계를 보면 거저 탐관을 반대하는 데 그치거나 새로운 왕도징치의 출범에 불과하다. 이렇게 놓고 볼 때 "秋熟靡王稅"의 陶淵明의 桃花源은 분명 새로운 경지다.

陶淵明은 한때 "大濟蒼生(창생을 크게 구원)"하려는 유교적 포부를 품고 관가에 진출했다. 그런데 그는 이 눈치 저 눈치 보며 굽실굽실 아부하는 관청생활을 "志意多所恥", "違己心病"하던 차 결국 "不爲五斗米折腰"의 뜻을 피력하고는 歸田園하여 시와 자연, 술, 躬耕이 어우러진 생활을 했다. 그의 〈歸園田居〉의 제1수의 "少無適俗韻, 性本愛丘

山. 誤落塵网中, 一去十三年. 羈鳥戀舊林, 池魚思故淵. 開荒南野際, 守拙歸園田. …… 楡柳蔭后檐, 桃李羅堂前(젊어서 세속비위 맞출 줄 몰라/본성은 언덕산을 사랑했다네/아차 실수 진망에 떨어진 후로/어언간 열세 해가 흘러갔구나/갇힌 새도 옛 숲을 그리워하고/못의 고기 옛소를 그린다 하네/앞 들판에 묵밭을 일구어 놓고/본성 지켜 전원으로 돌아왔다네. …… 뒤뜰에는 느릅과 버들의 그늘/앞뜰에는 오얏과 복숭아일세)"의 구절과 많은 〈飮酒〉시들은 그간의 사정을 잘 말해 준다. 이로부터 그는 중국 고대문학사에서 대표적인 "田園詩人", "隱逸詩人"이 되었던 것이다. 보다시피 陶淵明은 천성적으로 도교적인 친자연적이고 반권위적이며 무구속적인 자유자재의 경지에서 노닐기를 좋아하는 성품이다. 이럴진대 그가 왕권을 부정한 桃花源의 이상적 경지를 펼쳐보였음은 매우 자연스러운 일이다.

　陶淵明의 이 桃花源 이상 경지는 역대로 많은 사람들의 공명을 불러일으키며 동경의 대상이 되었다. 桃花源의 "菹豆猶古法, 衣裳無新制(쟁기를 다루는 법 옛날과 같고/옷차림은 무슨 새 법 따로 없다네)"는 우리와 같은 사람들의 애기라는 공감대 속에 이를 한층 더 부채질했을 것이다. 한국 고대문학사에서 고려 때 이인로가 지은 〈靑鶴洞記〉에 사람들이 무신란을 피해 靑鶴洞을 찾아 들어갔다고 한 것은 바로 이 桃花源 영향의 한 보기로 되겠다.

· 저자 ·

임향란 · 약 력 ·
(林香蘭)
1963년생 중국 길림성 연길시에서 태어났음.
中國 吉林省 延邊大學 朝文學部 卒業
中國 吉林省 延吉市 延邊大學圖書館 勤務(館員)
韓國 慶北安東市 安東大學校 人文大學 文學碩士 卒業
韓國 仁川市 仁川大學校 人文大學 文學博士 卒業
韓國 安東大學校 語學院 시간강사
韓國 長神大學校 中國語 시간강사
韓國 世明大學校 國際教育院 초빙강사

· 주요논저 ·

석사논문 「심연수 시 연구」
박사논문 「한중 재자가인소설류 비교연구」
<한·중·영 과학기술정보술어사전>
<한국기업목록>
『무속원형질로 본 조선판소리계소설』(공저)
『심연수 시 연구』
『중국 조선족문학에 나타난 고향의식』
『심연수 시에 나타난 자연세계와 삶의 조화』
『한국고려애정시가 연구』
『駙馬콤플렉스와 한국고대문학』
『농경문화로부터 본 KOREA문학』

외 다수

한국 고대
에로스 문학 연구
: 중국의 경우와 비교하여

• 초판 인쇄	2007년 4월 5일
• 초판 발행	2007년 4월 5일
• 지 은 이	임향란
• 펴 낸 이	채종준
• 펴 낸 곳	한국학술정보㈜
	경기도 파주시 교하읍 문발리 526-2
	파주출판문화정보산업단지
	전화 031) 908-3181(대표) · 팩스 031) 908-3189
	홈페이지 http://www.kstudy.com
	e-mail(출판사업부) publish@kstudy.com
• 등 록	제일산-115호(2000. 6. 19)
• 가 격	21,000원

ISBN 978-89-534-6563-3 93810 (Paper Book)
      978-89-534-6564-0 98810 (e-Book)